Der Tod kommt nachts

Thomas Stein
0177/2427742
stoanze@hotmail.com

Der Tod kommt nachts.
13 Nachtkrimis aus dem Mörderischen Rheinhessen

Herausgegeben von Heidrun Immendorf

LEINPFAD
VERLAG

Die Handlungen und alle Personen sind völlig frei erfunden;
Ähnlichkeiten wären rein zufällig.

Umschlag: kosa-design, Ingelheim, mit einem Foto von
deleted_1321367282, Designnation
Layout: Leinpfad Verlag, Ingelheim
Druck: Beltz, Bad Langensalza

Leinpfad Verlag, Leinpfad 5, 55218 Ingelheim,
Tel. 06132/8369, Fax: 896951
E-Mail: info@leinpfadverlag.de
www.leinpfadverlag.com

ISBN 978-3-942291-44-6

Inhalt

Nachtaktiv
Astrid Reck

An Schlaf war nicht zu denken. Das Dröhnen schwoll ganz langsam an. Es schlich sich ins Bewusstsein, ganz leise zuerst, um dann plötzlich mit diesem tiefen, beängstigenden Klang den gesamten Raum auszufüllen, den ganzen Kopf und alle Wahrnehmung auf sich zu konzentrieren. Stine stellte sich vor, dass Krieg so klang.

Es war 22.48 Uhr. Noch ein paar Minuten, dann würde sechs Stunden lang Ruhe herrschen. Die Nacht gehörte den Schlafenden – bis kurz nach fünf Uhr. Dann würde der erste Flieger über Nieder-Olm in Richtung Frankfurter Flughafen eindrehen. Mit Pech direkt über ihrem Haus, mit etwas Glück weiter westlich oder weiter östlich, dann würde der Krach andere Dörfer aus dem Schlaf reißen.

Ganz langsam ließ der Druck in Stines Magen nach, als sich endlich Ruhe über das Haus legte, und sie schlief ein.

„... werde ich heute vom Amt des Bundespräsidenten zurücktreten ...". Er hörte diese Worte zum x-ten Mal an diesem Tag und betrachtete Christian Wulffs zerfurchtes Gesicht während seiner letzten Sekunden als Bundespräsident. Der Mann hatte offensichtlich mal wieder eine Gratisreise nötig. Ob Wulff nach wie vor Freunde haben würde, die ihn einluden in ein feudales Hotel irgendwo zwischen Nordsee und Mittelmeer? Holger bezweifelte es. Wahrscheinlich interessierte sich in Zukunft nur noch die Staatsanwaltschaft für ihn. „Damit ist der Weg frei für die Ermittlungen der Staatsanwaltschaft ...". Holger nahm einen langen Zug aus seiner Bierflasche. Das war mal ein echter Grund, einen zu trinken. Es gab also doch so etwas wie Gerechtigkeit. Es war ja auch eine Sauerei, dass solche Typen wie Wulff im Schutze ihrer Immunität tun und lassen konnten, was sie wollten. Als ob die etwas Besseres wären. Macht verdarb offensichtlich. Keine Moral hatte er im Leib, der Herr Ex-Bundespräsident. Holger hatte keinerlei Mitleid, er empfand lupenreine Genugtuung.

„Recht so", murmelte er und prostete mit seinem Bier Christian Wulff zu. Im echten Leben hätte er mit dem niemals einen getrunken. Weder mit dem, noch mit dem Beutel. „Drecksack!" Holger sprach oft mit sich selbst. Er war zu viel allein. Das sagte ihm seine Mutter auch immer. Noch schlimmer als Wulff fand Holger Schmidt Beutel, Jens Beutel. Das machte die unmittelbare Nähe zum Zentrum der Korruption. Im Mainzer Rathaus war zu unbezahlten Reisen auch noch Zechprellerei gekommen, in Ruanda, ausgerechnet. Die da unten hatten doch noch weniger als jeder Mainzer, der auf Staatskosten dort hinfuhr. Holger schüttelte den Kopf. Als Heizungsmonteur beglich er nicht nur seine Schulden unten bei Helga in der Kneipe; seine Urlaube auf Malle zahlte er ebenfalls selbst.

Wie ein Pflaster hatte Beutel bis zuletzt an seinem Amt geklebt. Wulff war auch nicht besser gewesen. Die Gier dieser Männer war unerträglich. Die verdienten doch genug, um ihre Rechnungen zu bezahlen. Jetzt waren beide ihre Ämter los. Gut so. Beide Rücktritte hatten nach Holgers Dafürhalten unerträglich lange auf sich warten lassen.

Stine zog ihre Schutzkleidung an und näherte sich langsam der Bombe. Sie war todmüde. Der erste Flieger hatte kurz nach fünf Uhr über Nieder-Olm eingedreht in Richtung Frankfurt. Stine gähnte ausgiebig und betrachtete das verrostete Monstrum. Eine Fliegerbombe aus dem Zweiten Weltkrieg. Sah harmlos aus, konnte aber jederzeit hochgehen. Ein Schläfer in der Krume, quasi. Stine schüttelte Kopf und Schultern, um die Schläfrigkeit loszuwerden und ließ den Blindgänger nicht aus dem Blick. Ein Bauer hatte ihn auf seinem Feld entdeckt. Routinesache. Aber trotzdem spannend. Nicht so spannend wie das Sprengen von Gebäuden, das nicht. Es ging nichts über den Anblick einstürzender Gebäude oder Brücken, wenn sie genau nach Plan in sich zusammenfielen. Diese Arbeit war eine Kunst. Aber die Jahre in Singapur waren vorbei. Endgültig. Stine hatte ihre Gründe gehabt, warum sie nach Nieder-Olm zurückgekehrt war, vorerst. Bomben zu entschärfen war auch ein interessanter Job. Zweite Reihe zwar, aber immer noch ziemlich weit vorne.

Stine gähnte. Sie sollte Ohrenstöpsel kaufen und endlich mal wieder acht Stunden durchschlafen.

Holger las den Absatz noch einmal: Bürgermeister Anton Riedmeier hatte an einer Geschäftsreise nach Asien teilgenommen, die er noch in Diensten der Marketinggesellschaft gebucht und organisiert hatte und die dann aber dummerweise kurz nach seinem Wahlsieg anstand. Der Mann hatte die Reise tatsächlich angetreten und sie von der Marketing bezahlen lassen. Das gab es doch nicht! „Die Reise war gebucht und bezahlt. Trotz intensiver Suche fand sich so schnell kein Ersatzteilnehmer. Ich bin mir aber sicher, dass auch die Verbandsgemeinde von meinen neuen Kenntnissen profitieren wird," wurde Riedmeier in der Lokalzeitung zitiert. Er schien das für eine ausreichende Rechtfertigung zu halten.

„Ja wie denn?" Holger knallte die Zeitung auf den Tisch und erntete einen kurzen Blick von der Blonden mit den Ohrstöpseln. Er saß in seinem Lieblingsweingut oberhalb von Nieder-Olm. Heute beruhigte ihn der orangerote Abendhimmel im Westen allerdings kein Stück.

Was konnte Riedmeier denn in Thailand und Vietnam gelernt haben, das er direkt auf die Verbandsgemeinde Nieder-Olm übertragen wollte? Von Marketing verstand Holger nichts. Aber er begriff, dass Riedmeier sich in eine Reihe mit

Wulff und Beutel gestellt hatte. Und er fühlte einen tiefen Groll aufsteigen. Dieses schwarze Gefühl machte sich zunächst zwei Finger unterhalb des Magens breit und kroch dann ganz langsam nach oben und umfasste seinen Brustkorb wie eine kalte Hand. Holger schloss die Augen und sah die Explosion in seinem Kopf. Gleißend helles Licht, die Kopfhaut war kalt und heiß zugleich, alle Haare stellten sich ihm auf, er hatte ein lautes Sausen im Ohr, seine Kiefer hatten sich ineinander verbissen. Holger atmete tief. Sommerluft drang langsam in seine umklammerten Lungen ein und kämpfte sich vor bis zu den Rippenbögen. Erst Minuten später löste sich die Verkrampfung. In seinen Handballen waren die Abdrücke seiner Fingernägel noch eine sehr lange Weile zu sehen. Die Blonde beobachtete ihn mitleidig, sah demonstrativ hinauf zu dem über sie hinweg donnernden Flugzeug und grinste schief. Die Dame hatte keine Ahnung, was er wirklich nicht ertrug.

Holgers Entscheidung fiel Stunden später, kurz vor drei Uhr. Er sank in einen tiefen Schlaf, aus dem ihn vier Stunden später unbarmherzig sein Wecker riss.

Danielas kleine Hand lag weiß und durchscheinend auf der Bettdecke. Eine dicke Nadel mit blauer Plastikkappe steckte unter einem Verband in einer der dünnen Adern auf dem Handrücken. Ganz vorsichtig nahm Stine Danielas Hand in die ihre. Sie wollte ihre Nichte nicht wecken. Erstaunlicherweise hatte Dani noch immer etwas Farbe im Gesicht, trotz Krankheit, trotz Krankenhaus, trotz allem. Stine schluckte hart. Vor acht Jahren hatte sie die Kleine übers Taufbecken gehalten. Danis blaue Augen hatten sie angestarrt, während das Wasser über ihre Stirn lief. Keinen Mucks hatte sie getan, aber sie hatte ihre Patin nicht aus den Augen gelassen. „Wir beide!" Das war Danis Botschaft an Stine gewesen. Und so war es immer geblieben: Die beiden waren ein Team. Selbst als Stine in

Asien wohnte. Als die Diagnose kam, war klar, dass Stine nicht in Singapur bleiben konnte, um weiterhin Gebäude in die Luft zu sprengen, als sei nichts geschehen.

„Hey, Stine!", riss ihre Nichte sie aus ihren Gedanken.

„Hi, wie geht's?"

Daniela zuckte die Achseln. Beide wussten, dass sie Schmerzen hatte.

„Ich habe dir zwei Sachen mitgebracht: ein Englischbuch und ein neues Puzzle."

Stine ging, als ihre ältere Schwester kam. Doro, Paul und sie hatten ein Besuchsschema verabredet, das es Doro und Paul erlaubte, auch einmal außerhalb der Mainzer Unikliniken Zeit miteinander zu verbringen. Wenn Stine so dazu beitragen konnte, dass die Ehe der beiden hielt, sollte es ihr recht sein.

Es war ein warmer, wolkenloser Abend. Wenig später saß Stine im Garten ihrer Lieblingsgutsschänke zwischen Nieder-Olm und Ebersheim und blickte resigniert zu den Flugzeugen hinauf, die wie auf einer Perlenschnur aufgereiht direkt über sie hinwegflogen. Mit den neuen Ohrenstöpseln war der Krach auszuhalten. Der Typ von neulich war auch wieder da. Hoffentlich bekam der heute keinen erneuten Anfall. Vielleicht war er Epileptiker. Stine riskierte einen Blick. Der Typ nickte ihr unter seinen braunen Locken freundlich zu.

Der goldene Zylinder glänzte in der Sonne. Er war so groß wie ein Zigarettenfilter und gehörte mit zu den schönsten Dingen, die Holger jemals besessen hatte. Der kleine Schraubverschluss saß noch immer dicht auf dem feinen Gewinde. Kein Tröpfchen konnte entweichen, das hatte Holger gerade eben noch einmal ausprobiert. Das Löschpapier war trocken geblieben, egal wie er den Zylinder gedreht und gerollt hatte. Holger drehte das Goldröhrchen zwischen den Fingern. Das war höchste Goldschmiedekunst, in Deutschland wahrscheinlich kaum zu kriegen. Er hatte den kleinen Schatz auf einem Basar in Tunesien entdeckt, seiner einzigen Reise außerhalb Europas. Martin hatte ihn zu dem Urlaub überredet, danach hatten sie den Kontakt verloren. Ihre Freundschaft hatte die zwei Wochen Ferien nicht überstanden.

„Besser so", dachte Holger. Doch jetzt wollte er Martin doch noch einmal anrufen. Er brauchte Hilfe – und die würde er nur von Martin bekommen.

„Das war heute das letzte Mal", murmelte Stine vor sich hin. Die Demos im Flughafen brachten doch nichts mehr. Seitdem das Kasseler Gericht den Flughafenausbau legitimiert hatte, zeigte Fraport keinerlei Bereitschaft, über die Zahl der täglichen Starts und Landungen auf dem Rhein-Main-Flughafen zu diskutieren. Denen war Bürgers Wohlbefinden doch gleichgültig. Hauptsache, der Euro rollte. Das war Gier in Reinkultur – unerträglich.

Stine bremste scharf ab. Unter der Brücke der querenden Landebahn hatte es offenbar einen Unfall gegeben. Der Verkehr stand still. Stine beobachtete fasziniert, wie ein Airbus über die Autobahn hinwegfuhr. Da winkte doch tatsächlich ein Passagier den Autofahrern zu. Dass so eine Brücke hielt! Wäre sie nicht Sprengmeisterin geworden, dann hätte sie sich für Brückenbau entschieden. Dinge in die Luft zu jagen, war ihr aber spannender vorgekommen – wenn auch deutlich destruktiver. Mit professionellem Blick betrachtete sie die Brückenkonstruktion: die Pfeiler, die Fahrbahn, deren Unterbau, der sich am Rande des Standstreifens als meterhoher begrünter Damm erhob. Mit ihrem Fachwissen hätte sie die gesamte Böschung in der Nähe der Brücke zubetoniert.

Nach zwanzig Minuten löste sich der Stau auf. Da war Stine in Gedanken schon längst im Laubenheimer Ried in dem kleinen Urwald bei den Weihern. Sie fuhr die Strecke nach Mainz wie ferngesteuert. Erst auf der Weisenauer Brücke, als rechts in der Ferne die Silhouette des Mainzer Doms auftauchte, formulierte sich die Einsicht plötzlich ganz klar: Hier zu leben war zwecklos. Sie schlief nicht. Sie war schlechter Laune. Dani war über den Berg. In etwa zwei Wochen würde sie aus dem Krankenhaus kommen. Stine wollte zurück nach Singapur. Sie war zu lange von Mainz weg gewesen, um bleiben zu können.

Hinterglasmalerei war Geschmackssache. Aber Martins Arbeiten gefielen Holger. Im Sonnenlicht mussten diese Fenster phantastisch aussehen. Aber draußen war es grau in grau. Ab morgen sollte es ein paar Tage lang in Strömen regnen.

„Wer kauft denn so was?", fragte Holger.

„Wenn Geld und Geschmack sich treffen, habe ich eine Chance. Dann fehlt nur noch ein geeignetes Fenster."

Holger betrachtete eine knallblaue Scheibe, in die eine weiße strubbelige Blüte hineingeätzt war. „Gute Arbeit", nickte er anerkennend. Er kannte sich aus, hatte früher selbst für die Kunst gelebt und mit Farben und Techniken experimentiert. An Glas hatten Martin und er sich gemeinsam herangewagt. Das war, als Holger sich das noch leisten konnte. Bevor der große Fall kam und er die Ausbildung zum Heizungsmonteur ergriff wie den letzten Strohhalm. Seine einzige Chance auf ein sauberes Leben war diese Lehre gewesen. Die Schulden nach dem Unfall unter Drogeneinfluss und der folgenden Schadenersatzforderung hatte er fast weg, nur noch 12.000 Euro, dann hatte er den entstandenen Schaden endlich verbüßt. Zwei Jahre noch, dann hatte er alles bezahlt. Er war einer, der für sich selbst geradestand, egal was es ihn kostete. Und es war ihn teuer zu stehen gekommen. Aber dafür hatte er seine Ehre nicht verloren.

Martin ließ ihn nicht aus den Augen. Der fragte sich sicher, was ihn nach zwölf Jahren plötzlich zu ihm geführt hatte. Holger sagte es ihm.

Am Ende des Weihers richtete sich Stine an der Linie der zwei großen Birken aus und ging 17 Meter nach links ins Dickicht hinein. Warum mussten eigentlich gerade hier Brombeerbüsche wuchern? Fluchend kämpfte sie sich durch das stachelige, nasse Gestrüpp. Einmal musste sie drei Meter zur Seite versetzt messen und konnte erst dann wieder auf die Peillinie der Bäume zurückkehren. Noch zwei Meter, einer, dann stand sie auf weichem Waldboden und fand nicht, was sie suchte. Stine bohrte ihre rechte Ferse in den Boden und hatte nach etwa fünf Minuten Erfolg: Fünf flache Steine lagen vor ihr, die wie eine Pfeilspitze in Richtung Südsüdwest zeigten. Fünfzehn Fußlängen weiter markierte sie den Boden mit einem Kreuz und sah sich aufmerksam um. Keine Menschenseele weit und breit, ein paar Vögel tirilierten vor sich hin. Sie nahm ihren Klappspaten aus dem Rucksack und begann zu graben. Die Erde war schwer. Es war harte Arbeit, die sich aber lohnte.

Stine grinste. Wie klug sie doch schon mit 23 Jahren gewesen war. Unglaublich, diese weise Voraussicht.

Stine war blendender Laune, als sie einen Teil des Vorrats in ihren Rucksack lud und den Rest wieder sorgfältig in die Plastikplane einschlug. Dann legte sie das Paket zurück in das Erdloch, verfüllte es und tarnte den Grabungsort mit Laub und Geäst wie es hier überall herumlag. Auch den steinernen Richtungspfeil bedeckte sie wieder mit Erde und Laub. Jetzt musste man schon wissen, wonach man suchte, um ihr kleines geheimes Lager zu finden. Sie stöhnte unter dem Gewicht des Rucksacks, als sie ihn auf ihre Schultern schwang.

Holgers Hand war ruhig, als er die Buchstaben auf die kleine Glückwunschkarte aus feinstem Büttenpapier malte. Er trug Latexhandschuhe, die so dünn waren, dass er sie praktisch gar nicht spürte. Ihren Zweck erfüllten sie trotzdem. Seine ruhige rechte Hand stand im krassen Gegensatz zu seiner inneren Aufgewühltheit. Als die Karte endlich fertig geschrieben und die Tinte trocken war, legte er sie in das schwarze Kästchen, in dem bereits der Goldzylinder auf dunkelgrünem Samt ruhte. Zehn Tropfen des flüssigen Todes würden reichen. Er selbst war extrem vorsichtig damit umgegangen, hatte Schutzhandschuhe und vor allem eine Maske getragen. Mit Flusssäure war nicht zu spaßen. Behutsam schloss er das Kästchen und machte alles fertig.

Stine liebte Dynamit. Sie liebte es, die Stangen in den Händen zu halten, sie zu fühlen und an ihnen zu schnuppern. Sie öffnete ihren Rucksack, hob vorsichtig das schmutzige Paket heraus und machte sich an die Arbeit. Sie wusste genau, was sie brauchte. Stine arbeitete ruhig, rasch und konzentriert. Sie durfte keinen Fehler machen. In dieser Nacht schlief sie nur zwei Stunden, obwohl kein einziges Flugzeug die Stille zerriss. Es war Ironie des Schicksals.

Sabine Riedmeier war eine eifersüchtige Frau. Ihr Mann gab ihr allen Grund, diese Leidenschaft voll auszuleben. Anton hatte einen Schlag bei den Frauen, er war ein attraktiver Mann. Geld und Einfluss hatte er auch – und ein gewisses Fingerspitzengefühl, wenn es darauf ankam – zum Beispiel bei Frauen. Anton Riedmeier hatte viele Nebenfrauen. Treue war nicht seine Stärke. Diskretion auch nicht. Sabine Riedmeier hatte es satt.

Und jetzt das: Ein unscheinbares Päckchen hatte dieses kleine Schmuckstück preisgegeben. Eine schwarzes Kästchen, federleicht, sehr edel. Sabine Riedmeier zögerte kurz, dann öffnete sie den Deckel und blickte staunend auf den kleinen Goldzylinder.

„Herzlichen Glückwunsch, Anton. Ein Duft Goldstaub zur Erinnerung an Asien."

Sabine Riedmeier hielt den Goldzylinder dicht vor ihr Gesicht, senkte ihn unter ihre Nase und drehte den kleinen Deckel. Sie wollte wissen, wie Goldstaub roch. Später würde sie Anton fragen, welche Schlampe ihm dieses edle Geschenk gemacht hatte. Wenn er aus Lissabon zurück war. Sie öffnete den Zylinder und atmete tief ein.

Es regnete in Strömen, und die Scheibenwischer wurden der Wassermassen kaum Herr. Anton Riedmeier strich sich über die Augen. Er war todmüde. Aber die drei Tage in Frankfurt hatten sich gelohnt. Gute Geschäfte, Geschäftskontakte und Körperkontakte. Riedmeier gähnte. Er brauchte ab und zu diese Fluchten aus dem Alltag. Sabine hatte ihm die Lissabon-Geschichte abgenommen. Allzu helle war sie nicht, seine Frau, aber er mochte sie trotzdem. Allerdings sagte er auch nicht nein zu einer Frau, die ihn so richtig anmachte.

Zum Glück war kein Verkehr. Wer war bei diesem Wetter schon nachts um drei auf der Autobahn unterwegs? Die Lichter des Frankfurter Flughafens links von ihm machten die Nacht zu einer orangefarbenen Wasserorgie. Riedmeier blinzelte, er hätte sofort einschlafen können. Zum Glück war niemand sonst unterwegs. Den Blitz der Explosion sah er Sekundenbruchteile, bevor er in die hinabstürzenden Brückenteile hineinraste. Ein Stück Landebahn erschlug Riedmeier in voller Fahrt. Er war sofort tot.

Erst zwölf Minuten später ging bei der Polizei ein Notruf ein: Die Brücke der querenden Landebahn war beschädigt worden, Bauteile waren auf die Fahrbahn gestürzt, die rechte Spur war unpassierbar. Ein Brückenpfeiler war stark in Mitleidenschaft gezogen. Ob Einsturzgefahr bestand, war unklar.

Der diensthabende Kommissar Heitmann wohnte in Flörsheim. Er war erschüttert von dem Anblick, der sich ihm bot. Das Heck einer Limousine mit Mainzer Kennzeichen ragte unter einem herabgestürzten Betonteil hervor. Die vordere Hälfte des Wagens lag begraben unter tonnenschweren Trümmern. Heitmann blickte hinauf zu der Brücke, auf der Flugzeuge von der neuen Landebahn zu den Terminals gelangten. Er ahnte, dass er sich in Zukunft einer besseren Lebensqualität erfreuen würde. Denn seitdem die neue Nordwest-Bahn in Betrieb war, war das Getöse über Flörsheim unerträglich. Hier würde vorerst kein Flieger mehr entlang rollen.

In diesem Moment erhellte ein Blitz etwa in der Mitte der Brücke das Dunkel der Nacht. Der Brückenpfeiler knickte auf einer Länge von zehn Metern ein wie ein Streichholz. Die Brückendecke senkte sich ganz langsam, brach dann mit einem unerträglichen Knacken entzwei und offenbarte die Eingeweide der Landebahnkonstruktion. Instinktiv begriff Heitmann das Motiv des Anschlags. Da wollte noch jemand seine Ruhe haben. Heitmann ließ sofort die Autobahn sperren und verständigte die Bundespolizei am Flughafen.

Dorothee Becker war dankbar für die Putzstelle bei den Riedmeiers. Sie brauchte die 400 Euro dringend, um ihr schmales Gehalt aufzubessern. Dreimal die Woche putzte sie die Villa des Ehepaares, was eigentlich viel zu häufig war. So viel Schmutz konnten zwei Menschen doch gar nicht machen. Nur wenn die Enkel ihre Großeltern besuchten, gab es wirklich etwas zu tun für sie. Auch heute würde sie blanke Flächen abstauben. Dorothee Becker schloss die Haustüre auf, legte ihre Tasche auf den schmalen Sims über der Heizung im Flur und ging ins Wohnzimmer.

Ihre Arbeitgeberin lag neben dem Esszimmertisch auf dem Boden. Ihr sonst so frischer Teint war weiß, grauweiß. Ihre Augen standen halb offen. Dorothee näherte sich Sabine Riedmeier nicht. Sie hatte bereits mehr als genug erlebt, um eine Tote von einer Lebenden unterscheiden zu können. Sie zog die Wohnzimmertür hinter sich zu und wählte den Notruf der Polizei.

Stine nippte an ihrem Kaffee und blickte auf den Bildschirm, der unablässig Nachrichten ausstrahlte. Ihre Maschine hatte eine Stunde Verspätung, ohne Angabe von Gründen. Noch 52 Minuten. Endlich kam die Nachricht, auf die sie gespannt gewartet hatte. Sprengstoffanschlag auf einen Brückenpfeiler, der die neue Landebahnquerung über der Autobahn trug, Autobahn gesperrt, Nordwest-Landebahn außer Betrieb, keine Zeugen, keine weiteren Erkenntnisse der Polizei. Ein Auto war unter die Trümmer geraten, vermutlich ein Todesopfer. Stine zuckte zusammen.

Auf den Bildern konnte man wenig erkennen, Dunkelheit und Regen waren schlechte Bedingungen für einen Kameramann. Aber auch in den schlechten Sichtverhältnissen sah man deutlich, dass die aufliegende Landebahn einzustürzen drohte.

„Sehr geehrte Damen und Herren, Ihre Maschine nach Singapur ist jetzt bereit zum Einsteigen."

Stine leerte ihren Kaffeebecher in einem Zug, griff nach ihrer Umhängetasche und schlenderte zum Ausgang. Ein letzter Blick auf den Fernseher und sie sah gerade noch, wie die Schwerkraft siegte und ein Loch in die Landebahn riss. Mit einem leisen Lächeln auf den Lippen betrat sie das Flugzeug. Sie würde vorerst nicht nach Deutschland zurückkehren.

Holger starrte fassungslos auf das Radio. „Die Frau des Verbandsbürgermeisters Riedmeier ist aus ungeklärter Ursache gestorben. Die Polizei schließt Fremdverschulden nicht aus. In derselben Nacht verunglückte Bürgermeister Anton Riedmeier tödlich. Herabstürzende Trümmer einer Autobahnbrücke erschlugen ihn in seinem Auto. Unbekannte Täter verübten einen Sprengstoffanschlag auf die Autobahnbrücke, die die Querung der Autobahn für Flugzeuge ermöglicht."

Holgers Gedanken rasten. Er hatte Sabine Riedmeier getötet. Anton Riedmeier hatte der Zufall auf dem Gewissen. Das

Ergebnis war in Sachen Anton Riedmeier dasselbe. Seine Frau hätte die Post ihres Mannes nicht öffnen sollen.

Holger schüttelte den Kopf und stellte seine Kaffeetasse in die Spüle. Keine Spur würde zu ihm führen. Holger legte sein Leberwurstbrot in die blaue Brotdose, ließ sie in seinen Rucksack fallen und ging zur Arbeit.

Er war bester Stimmung.

Hochzeitsnacht
Heidrun Immendorf

Es war nicht ganz so gewesen, wie sie es sich vorgestellt hatte. Schneller und flüchtiger noch als sonst. Gregors Stoßen, sein Orgasmus, seine Erschöpfung danach. Er lag neben ihr und schlief. Ihr weißes Kleid hing auf einem Bügel am Schrank, seine Hose lag gefaltet auf dem Stuhl, das Jackett über der Lehne. Es war ein langer Tag gewesen. Die Trauung, die Feier, die Hitze und der Staub. Durch das offene Fenster wehte ein leichter Luftzug, der ihre feuchte Haut kühlte. Sie fuhr sich mit der Hand über Bauch und Busen und verteilte den Schweiß hoch zu Hals und Schultern. Sie könnte duschen, aber das würde die anderen wecken.

Es war die Zeit der vollkommenen Stille zwischen nicht mehr und noch nicht. Die Hochzeitsgesellschaft saß nicht mehr auf den Bierbänken im Hof und hatte sich nach Hause in die eigenen Betten zurückgezogen oder in eines der Gästezimmer. Die Vögel sangen noch nicht, und selbst auf der Koblenzer Straße war es zu früh für den ersten Verkehr. Gregor hatte sie gewarnt, er sei ein unruhiger Schläfer und schnarche hin und wieder. Die wenigen Nächte, die sie miteinander verbracht hatten, schienen das zu bestätigen, aber jetzt lag er reglos und still neben ihr. Ida drehte sich zu ihm und streichelte seine behaarte Brust. Die Nächte gehörten jetzt ihnen. Das würde alles noch werden.

Sie bog sich Gregors Arm so zurecht, dass ihr Kopf in seiner Beuge lag, schloss die Augen und folgte ihrem Atem bis in den Schlaf. Sie glitt hinüber in den vertrauten Zustand von Schwere und Leichtigkeit. Hinter ihrer Stirn prickelten die Gedanken angenehm kühl fort, während ihr Arm auf Gregors Brust einsank. Es gab nur Idas Atmen und das Heben und Senken ihres Brustkorbs. Kein fremder Rhythmus mischte sich mit ihrem, und da war kein anderer Takt aus Luftholen und Ausstoßen zu spüren.

Das Fehlende wahrzunehmen nimmt einen längeren Weg als das Vorhandene. Hätte Gregor wie angekündigt geschnarcht und sich von einer Seite auf die andere geworfen, Ida wäre nicht beunruhigt gewesen. An der Stelle über seinem Herzen nun aber keine Signale vorzufinden und im Geäst der blauen Adern seines Handgelenks keinen Puls zu spüren, waren Zeichen, die nur stotternd zu ihr durchdrangen. Als sie sich über ihn beugte und seine Lippen suchte, lief an der Naht ihrer Körper ein kalter Streifen entlang. Was für ein absurdes Spiel hatte er sich jetzt wieder ausgedacht? Sie schüttelte seinen Arm und klopfte seine Wangen ab, aber ihm entfuhr kein erlösendes Schnappen nach Luft und kein kindisches Lachen, das seine Darbietungen noch immer begleitet hatte. Ida verließ das Zimmer und tastete sich im Dunkeln durch den Flur zu Luises Tür. „Bist du wach?" fragte sie beim Eintreten. Luise lag auf dem Bett und hob den Kopf. Sie trug noch ihr rotes Kleid und schien nicht geschlafen zu haben. „Irgendwas stimmt nicht", sagte Ida.

Luise knipste die Nachttischlampe auf Gregors Seite an und betrachtete ihn. Dann wiederholte sie Idas Tasten nach Herzschlag und Puls und hob das Lid seines rechten Auges an. „Du hast recht", sagte sie, „er sieht tot aus."

Dass der Sommer heiß würde, hatte Ida schon im April gewusst. Frost hatte den Spargel zum Stillstand gebracht und im Mai war er so schnell gewachsen, dass die Preise auf das Niveau von vor zehn Jahren fielen. Idas Mutter hatte gesagt, es sei keine gute Zeit zum Heiraten und sie sollten besser warten. Die Sonne hatte dem Standesbeamten auf den Hinterkopf geschienen und ihnen direkt ins Gesicht. Als sie sich umdrehten, um die Glückwünsche der Familie entgegenzunehmen, war Onkel Paul eingeschlafen und ihr Vater wischte sich mit einem

Stofftaschentuch den Schweiß vom Gesicht. Gregors Mutter fächelte sich mit beiden Händen Luft zu wie eine Echse, die ihre Backenkämme aufstellt. Gregors Anzug war unter den Achseln feucht. Sie hatte ihm gesagt, er brauche kein Jackett, sie nähme ihn auch im Hemd und schließlich seien sie nicht in der Kirche, aber er hatte darauf bestanden und ihr während der Ansprache des Standesbeamten zugeflüstert, dass es in der Kirche kühler gewesen wäre. An Idas Wirbelsäule lief ein Schweißtropfen hinunter und machte ihr Gänsehaut. Noch am Morgen hatten sie die Ärmel des Kleides abgetrennt und mit ein paar Stichen den Saum vernäht. Gregor nestelte während des Hochzeitskusses daran rum und hielt ihr verwundert einen Faden hin. Worauf er so achtete. Luise war eine der wenigen, denen die Hitze nichts anzuhaben schien. Auch ihr Kleid hatte keine Ärmel mehr, aber es gab niemanden, der sich daran störte. Sie tänzelte auf Ida und Gregor zu und umarmte sie gleichzeitig, als gäbe es sie ab jetzt nur noch als Einheit. Ida nahm es als gutes Zeichen. Für Luise war es am schwersten.

Vor dem Rathaus machten sie Fotos mit dem Rhein als Hintergrund. Gregor in der Mitte, links neben ihm Ida und rechts Luise, um sie herum Gäste, die in die Sonne blinzelten. Der Fotograf, der niemanden kannte, hielt die Kamera eine Zeitlang ohne Unterschied auf die Gruppe und fragte dann vorsichtig jemanden, wer die Braut sei. Im Korso fuhren sie durch Mainz bis zum Hof der Eltern und saßen in langen Reihen unter Sonnenschirmen und tranken Rieslingsekt mit geeisten Erdbeeren. Der Vater hatte Ida und Luise an seine Seite geholt und die Arme um sie gelegt. Vorhin habe ihn jemand gefragt, wer die Braut sei, rief er in die Runde, und da habe er zum ersten Mal begriffen, dass sich wirklich etwas verändert hatte. Sie waren jetzt nicht mehr nur seine beiden Mädchen, seine schönen Zwillinge. Die eine war jetzt eine Ehefrau. Prost.

Es war endlich so gekommen, wie die Eltern es sich immer

vorgestellt hatten. Zwei Töchter, zwei Leben. Die eine im weißen Kleid, die andere im roten. Der Zufall hatte ihnen identische Geschenke gemacht, aber das war auch alles. Gegen den Zufall ließ sich nichts ausrichten, alles andere war ihre Sache. Was, so sagten sie sich, war die Gleichheit der Gene gegen die Vielfalt der Welt? Sie schickten die Mädchen auf unterschiedliche Schulen und später auf Kontinente, die weit auseinander lagen. Jeder eigene Wille wurde begrüßt und unterstützt, egal wie provozierend und destruktiv er auch war. Sie hatten sich bemüht und geplant, aber am Ende kehrten die Zwillinge doch nach Bretzenheim zurück, wo sie herkamen, die eine zum Spargel, die andere zu den Erdbeeren, und dass man sie Schneeweißchen und Rosenrot nannte, nahmen die Mädchen als Farbenspiel hin und nicht als Märchen, das für die eine den Prinzen und für die andere den Bruder vorhersah.

Sie brauchten keinen Prinzen, sie hatten ja sich, und sie hatten Gregor. Er war kein Prinz, nur ein Junge aus der Nachbarschaft, mit dem sie schon in den Kindergarten gegangen waren und der Hoferbe war wie sie. Er störte nicht, er war immer da, er hielt die anderen Jungs auf Abstand. Er war ihr Alibi für die Frage, wann die Zwillinge endlich eine Familie gründen würden. Sie hatten nicht die Absicht, aber das behielten sie für sich. Zwischen Ida und Luise bestand die unverrückbare Übereinkunft eines gemeinsamen Lebens, an dem sie Gregor teilhaben ließen wie einen Mond, der um einen Planeten kreist.

Idas Ankündigung, Gregor zu heiraten, kam so unvermittelt wie der Frost im April und wurde erfreut, aber auch verwundert aufgenommen, denn niemandem war eine Vorliebe des einen für den anderen aufgefallen. Es hätte genauso Luise sein können, aber sprach man sie darauf an, dann nahm ihr Blick einen Ausdruck an, der keine Antwort mehr erwarten ließ. Während die Eltern in der Heirat einen willkommenen

Ausbruchsversuch sahen, der die Schwestern voneinander un-
abhängiger machen würde, war sie für Luise ein Schritt ohne
Anlass und Sinn. Ihr Dreieck verlor an Ausgewogenheit, denn
Gregor rückte nun näher in ihren inneren Kreis und bog ihn
gleichzeitig zu den Rändern auf. Wo Luise auf dieser Konst-
ruktion ihren Platz finden sollte, wurde ihr in der Zeit bis zur
Hochzeit immer unklarer.

Ida und Gregor verschwanden, ohne ihr Bescheid zu geben,
berichteten von Kinofilmen, die sie zu zweit gesehen hatten,
und von Einkaufstouren nach Frankfurt, die sonst ein Privileg
der Schwestern gewesen waren. Wenn sie zurückkehrten, war
Idas Haar in Unordnung, aber sie wirkte nicht glücklicher. Als
Luise sie fragte, wie der Sex mit Gregor sei, sagte Ida, sie habe
keinen Vergleich, aber es sei eine Erfahrung, die sie unbedingt
mit ihm zusammen machen wolle, denn es sei die einzige, die
ihr fehle. Und Gregor gehe es ebenso.

Mein Gott, hatte Luise gedacht, aber dafür musste man
doch nicht heiraten. Heiraten war mehr als Sex. Es bedeutete Gemeinschaft, teilen, aufeinander eingehen und diesen
ganzen Zinnober. Alles, was sie doch schon hatten, Ida und
sie. Nie hatte Luise in Gregor etwas anderes gesehen als eine
Randfigur. Er war ein Kindskopf, der noch die gleichen Strei-
che spielte wie in der Schule und mit schiefem Lächeln seine
Belohnungen einforderte. Niemand nahm mehr seine vorge-
täuschten Ohnmachten und epileptischen Anfälle ernst, die er
immer dann zum Besten gab, wenn er sich nicht ausreichend
beachtet fühlte. Wenn ihm etwas nicht gelang, unternahm er
nie einen zweiten Versuch, sondern tat sein Scheitern mit der
Bemerkung ab, er sei nicht der Typ dafür. Er ging nicht einmal
besonders liebevoll mit Ida um, sondern eher so, als sei es nur
natürlich, dass sie sich für ihn entschieden hatte. Die Spargel-
königin 2010 als Trophäe in seinen Armen. Ida hatte ihn einmal gebeten, ob er ihre Hand halten könne und er hatte nach

dem Grund gefragt. Zum Spaß, hatte Ida geantwortet und da hatte er sie tatsächlich genommen. Zum Spaß ja. Er war kein ernsthafter Mensch. Er dachte nicht über andere nach. Dass ihre Schwester nicht merkte, wen sie da an sich heran ließ, war Luise ein Rätsel. Vielleicht machte aber auch Ida nur Spaß und sagte zwei Tage vor der Hochzeit, wie konntet ihr glauben, dass ich es ernst meine?

Aber das tat sie nicht. Sie verbot Luise, Gregor zu verfolgen, und bat sie, sich einfach abzufinden, so schlimm werde es schon nicht. Aber schlimm war es schon. Was Luise herausgefunden hatte, reichte aus, um Gregor mit einem Tritt zwischen die Beine abzuservieren. Denn so unerfahren wie er sich Ida gegenüber gab, war er keineswegs.

Er war ein Raubvogel, der in großen Höhen kreiste. Er überflog die Weinberge Rheinhessens und stürzte sich auf Winzertöchter und fremde Frauen, die bei der Ernte halfen. Jahr um Jahr zogen sie von Hof zu Hof, stachen Idas Spargel, pflückten Luises Erdbeeren und gingen weiter zu den Trauben, bevor sie in ihre Heimat zurückkehrten. Die Männer gaben sie weiter wie die Früchte, die sie ernteten, und unter ihnen auch Idas Gregor, was man sich so erzählte bei der Arbeit auf dem Feld und den Mittagessen an der langen Tafel auf dem Hof.

Es war eine stille Post mit unscharfem Inhalt, die eines Tages bei Luise angekommen war, aber wenn ein Gedanke einmal anfing, seine Gänge in ihr zu graben, dann ging sie ihn bis ans Ende. Sie folgte Gregor auf seinen Beutezügen, sah ihn mit schönen und weniger schönen Frauen davonfahren und hielt die einsamen Parkplätze aus, die seine Untreue geheim halten sollten.

Ida hatte es nicht hören wollen. Sie hatte lächelnd ja gesagt und noch gestrahlt, als Gregor ihr beim Hochzeitstanz auf die Füße trat. Die cremige Torte war bei der Hitze zur Seite gekippt und hatte das Brautpaar aus Plastik auf ihrer Spitze abgeworfen. Es ging verschmiert und klebrig zu Boden und beschäftigte ein Gewimmel von Ameisen mit dem Abtransport. Als es dunkel wurde, spielte die Band nur noch langsame Lieder und der Sänger verzichtete auf jede Ansage. Er war erschöpft, das Hemd klebte ihm an der Brust und niemand hörte ihm mehr zu. Wer noch stehen konnte, hielt sich im Tanz aneinander fest; die Müden hatten die Köpfe auf den Tischen abgelegt oder eine Schulter gefunden. Als sich Ida und Gregor verabschiedeten, spielte die Band „Yesterday".

Luise nahm das Glas von Gregors Nachttisch und verließ das Zimmer. Als sie zurückkam, stellte sie es wieder auf seinen Platz.

„Was machst du da?", fragte Ida. Sie hatte sich ein T-Shirt übergezogen und suchte nach ihrem Slip zwischen dem Bettzeug. „Wir müssen einen Arzt holen."

Luise ging zu dem Stuhl mit Gregors Sachen und tastete die Taschen seines Jacketts und der Hose ab.

„Was machst du?", fragte Ida wieder. Sie fuhr sich durch die Haare und sah aus dem Fenster. Es war immer noch dunkel. Gleich würde ein Notarztwagen mit Blaulicht draußen auf dem Hof stehen und alle aufwecken. Sie würden sich ins Zimmer drängeln und weinen, es nicht fassen können und Ida bemitleiden. Irgendeiner würde sicher sagen ‚So ein Pech'.

„Ich hole Onkel Paul", sagte Luise. „Er schläft unten auf der Küchenbank. War zu betrunken."

Wie gut, dass sie da war. Luise wusste, was zu tun war. Onkel Paul, ja klar. Ida zog Gregor die Bettdecke bis zum Hals und strich ihm über das feine Haar. Er sah aus wie ein Baby. Ob sie schuld war? Hatte sie ihn überfordert? Er war müde gewesen und hatte gemeint, sie könnten ja auch ein andermal, aber sie hatte gesagt, es sei doch ihre Hochzeitsnacht.

Onkel Paul wankte an Luises Arm ins Zimmer und ließ sich

zu Gregors Bett führen. „Meine Tasche", sagte er und sie reichte sie ihm. Sein Blick hinein war lang und kam Ida planlos vor.

„Was brauchst du?" fragte sie, aber er hatte das Stethoskop schon gefunden.

„Ihr macht ja Sachen", sagte er und setzte sich aufs Bett. „Jetzt mal raus ihr beiden. Das ist nichts für schwache Nerven."

Vor der Tür im dunklen Flur saßen die Schwestern auf den Holzdielen und pressten die Finger ineinander. „Ich bin schuld," flüsterte Ida, aber Luise sagte, das sei Quatsch.

Onkel Paul tippte auf Herzversagen. Für einen jungen Mann wie Gregor zwar außergewöhnlich, aber wenn er die Umstände betrachte, dann könne das vorkommen. Die Hitze, der Alkohol, der Sex. Sie hätten doch Sex gehabt, fragte er und Ida nickte. Es war alles ihre Schuld.

„Nee, Kindchen, da mach dir mal keine Vorwürfe. Das war einfach Pech, und jetzt Kopf hoch." Onkel Paul packte seine Sachen zusammen und seufzte. Was es alles zu tun gab. Er musste in die Praxis fahren und den Totenschein ausstellen, und er brauchte einen Kaffee. Das mit dem Beerdigungsinstitut hatte Zeit bis zum Morgen.

„War's das?" fragte Luise, „müsste es nicht noch eine Obduktion geben?"

„Mädelchen, wozu das denn? Mir ist nichts aufgefallen, und weißt du, wie viel die in der Gerichtsmedizin zu tun haben? Dem Gregor ist das Herz stehen geblieben, bumm. Und weißt du noch was? Selbst wenn er Drogen genommen hat", er sah zu Ida, die die Achseln zuckte, „dann ändert das auch nichts. Tot ist tot, oder wollt ihr, dass man schlecht über ihn redet?" Nein, das wollten sie nicht.

„Du bist nicht schuld", sagte Luise, als sie später auf dem Bett in ihrem Zimmer lagen und ins Dunkle starrten. Ida hatte sich an sie geschmiegt wie ein Kätzchen und ließ sich streicheln. Es war wie früher. In Sommernächten hatten sie selten geschlafen.

Die Tage waren lang und voller Arbeit und die kurzen, dunklen Stunden die einzige Zeit, die ihnen für sich blieb. Wenn die Sonne aufging, legten sie die Bücher zur Seite, aus denen sie sich vorgelesen hatten, beendeten die Filme, die sie gemeinsam anschauten und die Gespräche, die sie in der nächsten Nacht fortsetzen würden. Ihr Leben war leicht und zuversichtlich gewesen. Über Idas Spargel hieß es, er schmecke immer eine Idee besser als bei anderen, und Luises „Mieze Schindler" war zum dritten Mal in Folge Erdbeere des Jahres geworden. Gregor kam zum Abendessen vorbei und brachte manchmal Freunde mit, über die sie in der Nacht ihre Witze machten. Gregor ließ sich vom Stuhl fallen und stand wieder auf.

„Es sollte ein Scherz sein," sagte Luise. „Ich wollte ihn doch nicht umbringen."

Ida lag unverändert, aber in ihrer Schulter spannten sich Muskeln. Sie hörte zu, hielt die Augen weit offen und wartete auf die Erklärung, die die Schwester ihr gab. Luise sprach von den Tropfen, die Gregor nahm, weil ihm die Haare ausfielen. Einen lächerlichen Tanz habe er um seine paar Flusen auf dem Kopf gemacht und Hormone geschluckt, damit sie nicht ausfielen. Sie habe das Fläschchen vor ein paar Tagen bei ihm gefunden.

„Du wusstest das nicht, oder?" fragte Luise. Ida bewegte den Kopf zu einem kurzen Nein. Sein Zurückzucken vor ihrer Hand, wenn sie ihm durch das Haar streichen wollte. Seine Vorliebe für ihre langen Locken, in die er griff, wann immer es ihm beliebte; an denen er zog und zerrte, bis es ihr zu viel wurde. Waren das Zeichen der Bewunderung oder der Eifersucht gewesen? Aber was hatte das mit seinem Tod zu tun?

Luise sagte jetzt etwas von Nebenwirkungen und dass die Potenz nachlassen könne. Ziemlich sicher sogar. Sie habe Gregor heute ein halbes Fläschchen in den Sekt, den Wein oder in sein Wasserglas gemischt. In dem Trubel sei das gar nicht aufgefallen. Natürlich sei das eine blödsinnige Aktion gewesen, der Schwester die Hochzeitsnacht zu verderben, weil der Bräutigam keinen hochkriegte. Sie hatte ja nicht mal gewusst, ob das überhaupt klappt. Aber es war das Einzige an dieser Hochzeit gewesen, das Luise ein bisschen bei Laune gehalten hatte, und jetzt war Gregor tot. Die Decke, die sie ihm bis zum Hals hochgezogen hatten, verhinderte nicht, dass sein Körper unaufhaltsam auskühlte.

Ida hatte sich von der Schwester weggeschoben und saß mit angewinkelten Beinen gegen die Wand gelehnt. Ihr Kopf bewegte sich wie ein Pendel hin und her und schabte über die Raufaser. Das Haar würde ihr an dieser Stelle verfilzen. Gregors Untreue, mit ihr hätte sie leben können. Sollte er sich doch woanders Anregungen holen, Hauptsache, er brachte sie mit zu ihr. Aber aus Eitelkeit das einzige aufs Spiel zu setzen, das sie an ihm interessierte, das verzieh sie ihm nicht. Luise hatte immer recht gehabt, im Grunde war er ein Arsch. „Es ist von Anfang an keine gute Idee gewesen," sagte sie matt.

Luise nickte. Wie hatte sie denken können, die Schwester entließe sie aus ihrer Schuld. „Das stimmt", sagte sie, „am besten rufst du die Polizei. Dann wissen wir, ob ich schuld bin."

Aber Ida beugte sich vor und schüttelte den Kopf: „Das meine ich nicht."

Sie griff nach dem Arm ihres Zwillings. „Schau mich an. Was siehst du?"

„Mich."

„Ganz genau. Und jetzt lass uns schlafen."

Hundsnacht
Peter Jackob

Endlich Freitag. Schack Bekker hatte die Schnauze gestrichen voll, denn die Hitze der letzten Tage hatte ihn keine Nacht schlafen lassen, und der Umstand, dass seine Wohnung im obersten Stock lag, verbesserte die Situation nicht gerade. Der Oberkommissar der Mainzer Mordkommission war soeben nach Hause gekommen. Es klingelte und Polizeifotograf Werner Niesberg, sein Freund und Kollege, brachte ihm Bauz, einen übergewichtigen, lauffaulen und zu allem Überfluss bissigen Hund vorbei. Bekker bekam ihn über das Wochenende in Pflege, da Niesberg mit seiner Familie in die Eifel fuhr. Der Oberkommissar hatte mit allen Mitteln zu verhindern versucht, Bauz aufzunehmen, doch als Niesberg denselben trotteligen Blick wie der Hund aufsetzte, konnte er nicht anders, als lachend zuzustimmen.

Der Fotograf hatte Bauz im Korb liegend im Flur abgesetzt. Seine kurzen Stempelbeinchen machten es dem Rauhaardackel unmöglich, eigenständig bis zu Bekkers Wohnung hinaufzusteigen. Das Tier war zudem ausgesprochen widerspenstig und wirkte auf den Kommissar verschlagen.

Dass er trotz seiner Müdigkeit noch einmal fort musste, um Wein für einen Umtrunk anlässlich seines fünfundzwanzigjährigen Dienstjubiläums zu kaufen, war eine Sache. Erschwerend kam jedoch hinzu, dass der Winzer Stefan Lümet nur abends Zeit hatte, was bedeutete, dass Bekker nach seiner Rückkehr bestimmt keinen Anliegerparkplatz in der Altstadt mehr ergattern würde. Und zudem würde er diesen trägen Dackel mitnehmen müssen, weil dieser nicht allein blieb.

Als die Glocken von St. Ignaz sechs schlugen und der Hund nach wie vor im Korb lag, ohne sich auch nur einmal gerührt zu haben, hatte der Kommissar schon angenommen, er sei möglicherweise verendet. Weit gefehlt, denn er streckte sich plötzlich und glotzte sein Leih-Herrchen an. Es sah aus, als läge der Hund wie in einem kleinen Rettungsboot, irgendwo weit draußen auf dem Meer, denn er hob den Kopf ein Stück über den Korbrand, machte aber keinerlei Anstalten, seine Insel zu verlassen.

„Mach, was du willst. Aber von dir lass ich mich nicht aufhalten!", brummte Bekker. Er zog sich eine Windjacke über, schnappte den Korb samt Dackel und machte sich auf den langen Weg durch das Treppenhaus. Im Wagen saß der Hund aufrecht auf dem Beifahrersitz und reichte gerade bis an die Unterkante des Fensters. Er machte mehrfach mit dem Problem Bekanntschaft, dass er keine Daumen hatte, um sich festzuhalten. Und sein Chauffeur schien auch nicht gewillt, deshalb etwas mehr Rücksicht auf seinen Beifahrer zu nehmen. Als sie den kurvigen Teil der Windmühlenstraße hinter sich gelassen hatten und an der Goldgrube an der Ampel standen, hatte Bekker das merkwürdige Gefühl, Bauz warte nur darauf, ihm seine sportliche Fahrweise heimzuzahlen. Sie verließen Mainz auf der Pariser Straße, die in die A 63 übergeht und wie eine betonierte Schneise die rheinhessischen Hügel durchschneidet.

Allmählich begann sich Bekker an seinen vierbeinigen Gefährten zu gewöhnen. Sie passierten die Ausfahrt Ober-Olm, dann folgte eine lang gezogene Linkskurve. Die letzten Sonnenstrahlen, in die man bei der Fahrt hinunter in die weitgestreckte Talebene regelrecht eintauchte, senkten sich auf das Hügelland. Bauz sah immer wieder zu seinem Leih-Herrchen, was dieser im Augenwinkel wahrnahm, aber nicht weiter beachtete. Der Kommissar nahm die Ausfahrt Nieder-Olm Nord/ Stadecken-Elsheim, bog am ersten Kreisel rechts ab und durchfuhr den zweiten. An der Ampel hinter der Ortseinfahrt fing Bauz an zu jaulen. Bekker blickte den Hund irritiert an.

„Keine Ahnung, was er hat", sagte er vor sich hin und fuhr an, als die Ampel auf Grün sprang. Das Jaulen wurde lauter, woraufhin der Kommissar das Radio einschaltete. Und siehe da, von der einen auf die andere Sekunde verstummte der Protest des Hundes.

„Ah, du magst anscheinend nicht, wenn es im Wagen zu leise ist", sinnierte er und nickte anerkennend, „ich hätte den Werner vielleicht doch besser noch ein paar Sachen über deine Vorlieben und Macken gefragt."

Bekker war mittlerweile klar, dass er besser die Ausfahrt Nieder-Olm Süd/Saulheim genommen hätte. Jetzt musste er auf der recht engen Hauptstraße die Kreisstadt durchqueren, auch weil er die Umgehung des Zentrums nicht kannte. Bauz saß noch immer aufrecht neben ihm auf dem Beifahrersitz, aber etwas stimmte nicht. Aus dem Augenwinkel heraus kam es Bekker vor, als würde der Dackel größer aussehen und sich regelrecht aufblähen. Mit einem Mal begriff er, was nicht stimmte.

„Das ist ja wohl nicht wahr. Halt dich bloß zurück!", rief er dem Hund drohend zu. Doch der begann heftig zu würgen. Bekker wollte noch retten, was zu retten war, Bauz packen, die Beifahrertür aufreißen und ihn aus dem Auto stoßen. Doch sein Versuch, den Hund zu greifen, endete mit einer wütenden Attacke, die Bekker schreiend mit „Scheißköter" kommentierte. Er starrte hilflos auf das Tier und musste mit ansehen, wie das Würgen in Erbrechen überging. Da gab es einen dumpfen Schlag, er hatte den Kofferraum seines Vordermanns gerammt. Bekker blickte Bauz wütend in die Augen und wurde den Eindruck nicht los, dass das Tier eine gewisse Genugtuung empfand. Er stieg aus, ohne sich die Schweinerei im Fußraum anzusehen. Eine Frau mit Kurzhaarschnitt und strengen, klaren Gesichtszügen – sie mochte vielleicht Mitte fünfzig sein – stand vor ihm und schüttelte den Kopf.

„Sagen Sie mal, was haben Sie sich denn dabei gedacht?", blaffte sie ihn an.

Bekker zuckte mit den Schultern, er wusste nichts zu antworten. Mein erster Auffahrunfall und das alles nur wegen dieser Dreckstöle, dachte er sich. Auf den ersten Blick schien der Schaden nicht sonderlich gravierend zu sein.

„Wie kann einem das in einer verkehrsberuhigten Zone passieren?" Der anfänglich nur leichten Ärger verratende Tonfall der Frau wurde schärfer. „Das ist doch wirklich nicht zu fassen!"

Bekker überlegte kurz, kramte seinen Polizeiausweis hervor und hielt ihn der Unbekannten vor die Nase.

„Jetzt regen Sie sich mal nicht so auf. Wenn an dem Wagen etwas dran ist, kümmere ich mich darum. Wie Sie sehen, bin ich von der Mainzer Polizei, Mordkommission", ließ er einfließen, doch die Bemerkung hatte ganz und gar nicht den gewünschten Effekt.

„Jetzt weiß ich, warum immer mehr Frauen die Autos bei der Polizei fahren."

Bekker hob abwehrend die Hände.

„Beruhigen Sie sich doch bitte. Wie gesagt, ich lasse die Sache in Ordnung bringen."

Mit einem Mal schien die Frau abwesend, als würde sie etwas völlig anderes beschäftigen. Bekker bemerkte die Veränderung und wartete geduldig ab, bis sie sich wieder an ihn wandte. Der nun deutlich freundlichere Ton fiel ihm gleich auf.

„Ich möchte Ihnen etwas vorschlagen, ... können wir das nicht ... privat ... regeln?"

Die ausgedehnten Pausen sollten offenkundig die äußerst günstigen Konditionen ihres Angebots für die Reparatur ausdrücken. Bekker ging nicht darauf ein, sondern fragte sie stattdessen nach ihrem Namen. Dabei zog er instinktiv Blatt und Stift heraus, um auf die Angaben der Frau zu warten, ganz so, als sei er im Dienst. Diese schien sich über die veränderte Rollenverteilung zu ärgern. Erst sah sie den Kommissar misstrauisch an, schüttelte den Kopf und kniff die Augen zusammen. Schließlich antwortete sie kurz angebunden:

„Annemarie Mehlert."

„Frau Mehlert, Ihr Vorschlag in Ehren, aber ich denke, wir sollten das über die Versicherung laufen lassen."

„Wer weiß, wie lange das dauert, bis die Versicherung zustimmt. Und dann muss ich den Wagen noch in die Werkstatt geben."

„So schlimm sieht es ja nun wirklich nicht aus."

„Na, jetzt hören Sie aber mal auf!"

Bekker bückte sich, näherte sich der Stoßstange und deutete auf zwei, drei Stellen, die wohl wegen des Aufpralls gelitten hatten. „Für mich sieht das eher harmlos aus."

„Das werden wir noch sehen. Und wenn mich Ihr Mensch von der Versicherung über den Tisch ziehen will ..."

Bekker seufzte und dachte daran, dass es vielleicht wirklich besser wäre, die Sache mit Frau Mehlert privat zu regeln, eine Summe auszuhandeln und das Ganze damit abzuschließen. Aber irgendetwas störte ihn daran, er konnte nicht einmal genau sagen, was. Vielleicht war es die Vorstellung, sie womöglich demnächst mit einer Halskrause zu sehen, den Menschen ist ja viel zuzutrauen. Nein, das würde er nicht riskieren.

„Tut mir leid, aber die Sache muss offiziell ablaufen, Dienstfahrt ...", log er.

Annemarie Mehlert nickte und lächelte schwach, doch konnte Bekker ihr ansehen, dass sie nicht sonderlich glücklich war mit seiner Entscheidung. Die beiden tauschten noch die Adressen aus und verabschiedeten sich. Der Gedanke daran, jetzt wieder in den Wagen zu Bauz und dem ruinierten Fußraum steigen zu müssen, ließ ihn noch einen Moment länger auf der Straße stehen und dem davonfahrenden Wagen von Annemarie Mehlert nachsehen. Irgendein roter Ford, konstatierte er und ging zur Wagentür. Bekker schaute zum Beifahrersitz – wo war der Hund? Er riss die Wagentür auf ... und was er jetzt sah, wollte der Kommissar nicht glauben. Bauz saß im Fußraum des Wagens und leckte sich die Schnauze.

„Du alte Sau", rief er aus und musste kurz würgen. War das womöglich normal bei Hunden? Er brach den Gedanken ab, stieg ein und fuhr weiter zum Weingut, das zwischen Nieder-Olm und Saulheim lag. Erst schwieg Bekker, doch dann begann er wild auf Bauz einzureden, als würde dieser jedes Wort verstehen. Schließlich fing er an, den Hund zu beschimpfen. Dieser schien sich aber in keiner Weise angesprochen zu fühlen. Als der Kommissar mit einiger Verspätung das Weingut erreichte, musste er den Winzer aus dem Haus herausklingeln. Er trat schließlich mit je zwei Kisten Silvaner und Riesling den Rückweg nach Mainz an.

Den Kommissar beschäftigte Annemarie Mehlerts Verhalten, es leuchtete ihm einfach nicht ein. Mehr noch, es irritierte ihn. Was sollte der Versuch, die Sache „privat" zu regeln? Überhaupt ging ihm ihr undurchsichtiges Gerede nicht aus dem Kopf.

Bekker hatte Glück, denn er fand auf Anhieb einen Parkplatz nahe seiner Wohnung in der Holzstraße. Weil er erst mal den Hund heimbringen wollte, beschloss er, die Weinkisten im Auto zu lassen und sie später zu holen. Er öffnete Bauz die Tür, aber das übergewichtige, kurzbeinige Tier machte keine Anstalten, sich zu rühren, sondern sah ihn reglos mit seinen schwarzbraunen Knopfaugen an.

„Du musst nur vom Sitz runter in den Fußraum und raus auf die Straße. Das machst du schön selbst", sagte Bekker. Bauz reagierte nicht. Es schien, als schätzte der Hund ab, ob der Kommissar ihn nicht doch aus dem Auto befreien würde. Doch der schüttelte den Kopf und deutete mehrfach energisch mit der Hand auf den Asphalt. Wenn ihn jetzt jemand von seinen Nachbarn sehen würde ...

Kurz darauf rutschte Bauz vom Beifahrersitz, setzte seine Vorderpfoten auf den Holm der Autotür, schob sich mit den Hinterpfoten über das Hindernis hinweg und plumpste auf die Straße. Bis zu Bekkers Haustür machte der Hund keine Anstalten, auch nur einmal das Bein zu heben, geschweige denn sein Geschäft zu erledigen. „Soll er doch platzen, wenn er so stur ist, ich gehe keinen Schritt mehr", raunzte der Kommissar.

In der Wohnung angekommen, stellte Bekker den Korb mit Hund ab und öffnete ihm in der Küche eine Dose Futter. Er selbst machte sich einen Kaffee, setzte sich ins Wohnzimmer auf die Couch und legte eine DVD ein, einen alten Columbo. Bekker besaß die komplette Serie, ihm imponierte der scheinbar naive, schnoddrig wirkende Inspektor, den jeder seiner Gegner unterschätzte und der doch immer ans Ziel gelangte. Ab und an studierte er sogar dessen Fälle, um das Vorgehen Columbos zu ergründen und es mit seinem abzugleichen. Wie wäre er vorgegangen? Was hätte er möglicherweise anders gemacht? Überhaupt mochte er die Welt der alten Fernsehkommissare. Vieles schien darin frei von alltäglichen Schwierigkeiten und Ablenkungen, als würden sich diese Kommissare tatsächlich vor allem mit dem jeweiligen Fall beschäftigen können. Ein völlig illusorischer Gedanke, der mit dem tatsächlichen Leben nur entfernt etwas zu tun hatte.

Der Hund begann leise zu wimmern und sich aufgeregt im Kreis zu drehen. Mist! Er musste ihn doch noch ausführen. Wie hieß noch Columbos Basset? Hatte das Tier überhaupt einen Namen? Nein, Columbo nannte ihn einfach nur Hund – vielleicht sollte er das Gleiche tun. Das Wimmern wurde langsam, aber stetig lauter. Bekkers „Verdammt nochmal, ich bin gleich da, Hund", half natürlich nichts. Dann wurde ihm plötzlich klar, dass Bauz, wenn er noch länger wartete, womöglich einfach in die Wohnung pinkeln würde. Er sprang auf, griff seine Jacke, die Schlüssel, das Tier samt Korb und war auch schon im Hausflur. Seit Jahren war er die Treppe nicht mehr so schnell nach unten gerannt und schaffte es gerade noch rechtzeitig auf die Straße.

Er ging, als kleine Strafexpedition, mit Bauz noch ein Stück an der Rheinpromenade spazieren; dass dieser mehrfach stehen blieb und wie ein Esel bockte, störte ihn nicht. Bekker zog so lange mit sanftem Druck an der Leine, bis der Rauhaardackel schließlich nachgab und knurrend neben ihm herlief. Es war bereits halb zwölf. Eine laue Sommernacht nach einem heißen Tag. Viele junge Leute waren noch unterwegs, teilweise saßen sie am Winterhafen, auf den Stufen zum Rhein vor dem Malakoff, oder sie standen in der Schlange vor dem Kulturzentrum, um tanzen zu gehen. Endlich hatte es begonnen etwas abzukühlen. Obgleich er Bauz nicht mochte, begann ihm dessen störrisches Verhalten zu imponieren. Das ständige Stehenbleiben und Knurren ließ Bekker an Columbos Hund denken. Dieser war ebenso lauffaul und eigensinnig wie Bauz, aber lange nicht so widerspenstig.

Als er auf dem Rückweg von der Rheinstraße in die Holzstraße einbog, geisterte ihm plötzlich wieder das Heck des roten Fords im Kopf herum. Etwas hatte ihn schon am Nachmittag daran gestört; war es das Nummernschild? Die Stoßstange? Nein. Er blieb stehen. Der Kommissar schien seinen vierbeinigen Begleiter vergessen zu haben, bis dieser sich durch kurzes Bellen bemerkbar machte.

„Was ist denn jetzt schon wieder?" Der Hund kratzte ihn mit seiner Pfote am Schienbein, natürlich wollte er ein Leckerchen, was sonst?! Bekker betrachtete ihn genauer. Beim Anblick der Tatzen riss er die Augen auf.

„Die Kratzer, natürlich! Weißt du, was ich meine? Das ist es, was denn sonst!", rief er aus und zerrte den Hund in Richtung

Wagen. „Komm, wir müssen los! Wie heißt noch mal diese Columbo-Folge, in der es um einen Hund geht, dem eine Kralle fehlt?", redete der Kommissar weiter auf Bauz ein. „Das sind zwar keine Kratzer von einem Hund an dem roten Ford, aber eines steht fest, die sind nicht alle von meiner Kiste."

„Der erste und der letzte Mord", fiel ihm wieder ein, „so heißt die Folge!" Bauz bellte mehrfach, als stimmte er seinem Herrchen zu und wedelte erstmals, seit Niesberg ihn bei ihm abgeliefert hatte, mit dem Schwanz. Der Kommissar musste grinsen.

Auf dem Weg nach Nieder-Olm saß Bauz wieder auf dem Beifahrersitz, aber Bekker bemühte sich dieses Mal, die Kurven hundefreundlich zu nehmen. Sie erreichten die Ausfahrt „Nieder-Olm Süd/Saulheim" und hielten auf dem nahegelegenen Pendler-Parkplatz. Dort holte er sein Handy heraus und googelte die Adresse von Annemarie Mehlert. Seine Tochter Klara hatte ihm gerade erst letzte Woche mit engelsgleicher Geduld beigebracht, wie man damit E-Mails verschickt, den Wecker einstellt oder ins Internet geht.

„Siehste, das habe ich letzte Woche gelernt, und jetzt bringt uns das zur Mehlert." Bekker sah den Hund an und deutete mit ernster Miene auf das Telefon in seiner Hand. Er klopfte sich in Gedanken auf die Schulter. Immer, wenn es ihm gelang, sich an unliebsame oder diffizile Details zu erinnern, schien die Befürchtung, dement zu werden, wieder für ein paar Wochen gebannt. Natürlich war das blanker Unsinn, aber Peter Falk oder Kurt Wallander, die ja im weitesten Sinne Kollegen von ihm waren, hatte ebendieses Schicksal ereilt.

Er startete den Wagen und fuhr zurück auf die Landstraße, die ihn nach Nieder-Olm bringen würde.

Annemarie Mehlert wohnte auf einem Aussiedlerhof, der etwas außerhalb von Nieder-Olm in Richtung Klein-Winternheim lag. Er hatte tatsächlich schon wieder die falsche Ausfahrt genommen. An der roten Ampel schaute er rüber zu Bauz, der zusammengerollt auf dem Beifahrersitz schlief. Nichts schien die Idylle dieser Sommernacht stören zu können. Die Temperatur war jetzt ausgesprochen angenehm, und es wehte ein frischer Wind. Die Ampel sprang auf Grün und der Wagen des Kommissars entfernte sich zügig aus dem Ortskern. Er fuhr eine recht kurvige, von Bäumen und Grünflächen umgebene Straße entlang, die zu seiner Linken von einem Erdwall begrenzt wurde. Der Hof musste jetzt gleich vor ihm auftauchen, wenn die Navigation seines Handys korrekt funktionierte. Tatsächlich erreichte er nur wenig später einen recht großen Vorplatz, an dessen hinterem Ende ein stattliches Gehöft stand, das nur spärlich beleuchtet war. Er fuhr ein Stück weiter und stellte den Wagen hinter einer kleinen Baumgruppe ab, sodass man ihn vom Hof aus nicht sehen konnte. Er stieg aus, allerdings nicht, ohne sich nochmals versichert zu haben, dass Bauz schlief und ein Fenster weit offen war.

Der Kommissar wusste nicht, was er suchte, aber ihm war klar, dass er nicht gesehen werden wollte. Vom linken Rand des Platzes aus lief er auf einer vertrockneten Wiese zum Haus. Der rote Ford stand in der zur Garage umgebauten Scheune. „Der... Ford... irgendwas", brummte Bekker und näherte sich weiter dem Gebäude. Was stimmte hier nicht?

Drei Dinge hatten ihn gestört: Das verschrammte Heck des Wagens, das Drängen der Frau, die Angelegenheit „privat" zu regeln, und die alte Columbo-Folge, in der der Hund eines Toten Kratzer am Wagen des Mörders hinterlassen hatte. Das war für Bekker der eigentliche Auslöser gewesen, mitten in der Nacht noch einmal hierher zu kommen. Er ging am Haus vorbei, überquerte den Platz und gelangte auf die andere Seite des Anwesens. Von dort aus näherte er sich der geöffneten Garage, in die er unbemerkt eindrang. „Hausfriedensbruch", dachte er. Er steckte die Taschenlampe unter sein Hemd, schaltete sie ein und ging zum Heck des Wagens, das glücklicherweise in den Innenraum der Garage zeigte.

Bekker setzte sich auf einen herumstehenden alten Koffer und versuchte noch einmal nachzuvollziehen, was genau ihn hierher geführt hatte. Nur weil Annemarie Mehlert ein paar Euros sparen, beziehungsweise in die eigene Tasche wirtschaften wollte, war er sicher nicht hier. Der Kommissar zündete sich eine Zigarette an und blies den Qualm in die Luft. Wie schon am Nachmittag auf der Pariser Straße in Nieder-Olm klebte sein Blick regelrecht am Heck des Wagens. Neben ein paar recht tiefen Kratzern gab es auch vereinzelte Beulen. Bekkers Wagen war recht alt und hatte so seine Eigenheiten. Wenn er kein Gas gab, verlor der Blechhaufen ziemlich schnell an Geschwindigkeit. Wie also sollte er diese Schäden an Mehlerts Auto verursacht haben? Vor allem, weil er Bauz angestarrt und in diesem Moment sicher kein Gas gegeben hatte.

Plötzlich hörte er draußen das Knirschen von Kies. Bekker schaltete die Taschenlampe aus und wartete. Er saß in völliger Dunkelheit und versuchte, sich die Schrammen am Heck vorzustellen: die recht tiefe Beule in der Stoßstange, den langen Kratzer im Lack auf der rechten Seite, etwas unterhalb des Kofferraums. Nein, das konnte unmöglich von seinem alten Volvo stammen. Er versuchte sich noch einmal den Aufprall ins Gedächtnis zu rufen und nickte versonnen. Dann waren wieder Geräusche auf dem Kies zu hören. Sollte er sich zu erkennen geben?

Bekker saß noch immer im Dunkeln und hatte plötzlich den Auffahrunfall deutlich vor Augen. Und wenn das alles nur dazu gedient hatte, um ..., weiter kam er mit seinem Gedanken nicht, denn er erschrak heftig, als sich etwas in seiner unmittelbaren Nähe bewegte. Es war Bauz, der neben ihm aufgetaucht war und ihn ansah. Sein Herz raste, er musste mehrfach tief ein- und ausatmen, um sich zu beruhigen. Der Hund trug etwas in der Schnauze. Bekker schaltete die Taschenlampe ein, um den Gegenstand besser betrachten zu können. Er war aus Metall und etwa fünf Zentimeter groß. Er wollte danach greifen, doch Bauz knurrte drohend. Der Kommissar stöhnte entnervt auf, versuchte es ein zweites Mal, doch als er mit seiner Hand näher kam, knurrte Bauz noch lauter.

„Du geisteskrankes Vieh", zischte Bekker, stand auf und ging zum Heck des roten Fords. „Diese wahnsinnige Hitze während der Hundstage", dachte er. Bauz kam hinterher und blieb erneut neben Bekker stehen. „Und dann noch dieser gestörte Hund," murmelte er kopfschüttelnd. Was für eine Hundsnacht!

„Willst du mich eigentlich verarschen?" Seine Augen wanderten wieder zu den Kratzern auf dem Auto. Er betrachtete einen langen, tiefen Riss im Lack auf der rechten Seite des Wagenhecks, der ihm besonders ins Auge fiel. Bauz hatte sich neben ihn gesetzt und hielt noch immer seine Trophäe in der Schnauze. Bekker deutete auf den Schaden am Wagen und auf das Objekt, das der Hund partout nicht loslassen wollte, dann aber plötzlich auf den Boden fallen ließ, was ein metallisches Scheppern verursachte. Der Kommissar besah es ausgiebig und stellte schnell fest, dass es tiefe Kratzspuren hatte. Aber vor allem konnte er vereinzelte rote Lackspuren ausmachen. Er nickte zufrieden, drehte das Metallstück in alle möglichen Positionen. „Es sieht aus wie ein Feststellhebel. Wo gehört das hin?", fragte er sich leise.

Das merkwürdige Verhalten von Annemarie Mehlert war mehr als nur ein Indiz dafür, dass etwas passiert sein musste. Bekker lief in der Garage umher und blieb vor einem Regal stehen, in dem sich mehrere Kartons türmten. Einer davon war mit „Unterlagen. Privat" beschriftet. Bekker zögerte kurz, dann zog er einen Ordner mit der Aufschrift „H.M." heraus. Beim Blättern darin fiel ihm eine Klarsichthülle ins Auge, in der ein Pflegegutachten steckte: Hildegard Mehlert, einundachtzig …

las Bekker und wusste sofort, was er zu suchen hatte. Er lief um das Auto herum und blickte hinaus auf den Hof. Bauz hatte diesen Hebel hier irgendwo gefunden. Nur wo? Sicher nicht auf dem Vorplatz. Wo war das Tier überhaupt schon wieder?

Der Kommissar verließ die Scheune, bewegte sich an der Wand entlang nach links und traf auf eine niedrige Mauer, die den Komposthaufen umgab. Irgendwo raschelte es, doch Bekker konnte nicht ausmachen, wo. Die Hitze der letzten Tage war außerhalb der Stadt deutlich besser zu ertragen, hier ging ein leichter, kühler Wind und von der drückenden Schwüle in der Altstadt war nur wenig zu spüren. Dann sah der Kommissar Bauz' Kopf aus dem Bio-Müll auftauchen, der Hund fraß wahrscheinlich alles Essbare aus dem Abfall.

„Komm sofort da raus!", zischte er und fuchtelte mit den Armen. Er machte einen Schritt über das Mäuerchen und stand in einem undefinierbaren Brei, der ihm in die Sandalen lief. „Scheiße! So eine verdammte Sauerei", fluchte er und sprang zurück auf den Vorplatz. Bauz ließ sich von Bekkers Aufforderung nicht beirren, im Gegenteil, er war wieder in dem Haufen verschwunden. Bekker schwor sich, diesen Köter hierzulassen. Sollte Niesberg doch seinen Hund selbst aus dieser Jauchegrube herausholen. Der Kommissar hatte sich gerade umgedreht, als Bauz erneut neben ihm auftauchte und etwas im Maul hatte. Dieses Mal ließ er den Gegenstand gleich auf den Boden fallen. Das klirrende Geräusch von Metall war unverkennbar. Bekker, der erst weitergehen wollte, blieb stehen und ging dann in die Knie, um den Fund näher zu begutachten. Es handelte sich um eine Verstrebung, an der ein Stück Stoff hing.

„Wenn das nicht ein Stück Kittelschürze ist", murmelte er vor sich hin. Die unterschiedlichen Kratzspuren am Wagen, ... dann stammten die beiden Metallteile höchstwahrscheinlich von einem Rollstuhl. Die Angaben in dem Gutachten zur Ermittlung der Pflegestufe erhärteten diesen Verdacht. Und natürlich war jetzt auch klar, warum Annemarie Mehlert ihm angeboten hatte, die Sache „privat" zu regeln. Er würde hier bleiben und die Kollegen rufen. Der Kommissar setzte sich auf einen alten Autoreifen, Bauz legte sich daneben.

Der Fund des Rollstuhls, die Leiche der toten Mutter und die Festnahme der Tochter waren eine Sache von weniger als einer Stunde. Die Verhaftung nahm Annemarie Mehlert erstaunlich gelassen hin. Sie erzählte in völlig ruhigem Ton, dass sie seit Jahren ihre gelähmte Mutter gepflegt hatte. Eine Aufgabe, die sie mehrfach an die Grenzen ihrer Kraft gebracht hatte, denn die alte Frau sei mit den Jahren nicht nur extrem stur, sondern auch bösartig und gehässig geworden. Als sie sich vorgestern wieder mit ihrem Rollstuhl vor die Garagenausfahrt gestellt hatte, damit ihre Tochter nicht wegfahren konnte, war bei Annemarie Mehlert endgültig der Geduldsfaden gerissen.

Sie ließ den Wagen an und sah im Rückspiegel ihre Mutter mit diesem selbstgerechten Grinsen, so einem In-sich-Hineingrinsen. Dieses Wissen um ihre Macht. Sie wollte erst, wie sie das schon unzählige Male getan hatte, aussteigen und den Rollstuhl zur Seite schieben, doch etwas sagte ihr, dass es heute, genau in diesem Moment, reichte, dass sie dieses Mal nicht wieder aussteigen und sich demütig dem Willen der Mutter beugen würde. Eine ungeheure Lust überkam sie, Schluss mit alldem zu machen. Sie würde keine Reue spüren. Nicht nach all dem, was vorgefallen war. Sie schloss die Augen, legte den Rückwärtsgang ein und trat ohne zu zögern das Pedal durch. Der Aufprall, das scheuernde Metall unter ihren Füßen, dann diese vollkommene Stille. Sie blieb eine ganze Weile im Wagen sitzen, rührte sich nicht und genoss die Entschlossenheit, mit der sie die Tat ausgeführt hatte. Sicherlich würde gleich jemand kommen und sie festnehmen. Natürlich war es Mord, und es würde auch keine mildernden Umstände geben, wieso auch? Und wenn schon!

Aber es geschah nichts: keine Polizeisirene, keine Beamten, keine Fragen. Sie hatte sich besser denn je gefühlt und auch Stunden später keine Schuldgefühle gehabt. Die Mutter und den Rollstuhl hatte sie nach Einbruch der Dunkelheit erst einmal unter den Kompost geschafft. Am Wochenende wollte sie dann ‚ganze Arbeit' leisten. Doch dann kam ihr der Unfall dazwischen.

Bekker war völlig übermüdet, als er mit Bauz endlich in seiner Wohnung ankam. Da geht man nur mal schnell Wein kaufen und dann so was, dachte er und schaute runter zu dem kurzbeinigen Dackel. „So übel bist du gar nicht, Bauz", grummelte Bekker. „Wenn du mir versprichst, nie mehr deine eigene Kotze zu fressen, kannst du noch eine Nacht bleiben!"

Nachteulen
Olaf Paust

Gitti West stand am Fenster ihres kleinen Zimmers und sehnte sich die Dunkelheit herbei. Sie konnte es kaum abwarten, bis sich der Tag endlich in den Feierabend verabschiedete, um irgendwann der Nacht Platz zu machen. Normalerweise war es egal, ob es eine Stunde früher oder später dunkel wurde. Sie musste ihrer Mutter nur immer versprechen, spätestens um halb neun das Licht auszumachen, ob es dunkel war oder nicht. Und meistens hielt sie sich an die Absprache. Aber eben nur meistens. Manchmal wurde es später und dann war es egal, weil niemand überprüfte, wann sie tatsächlich ins Bett ging. Wenn sie von der Schule kam, war niemand zu Hause. Niemand wartete auf sie und ebenso wenig musste sie auf jemanden oder etwas warten, außer eben heute auf die Dunkelheit.

Gitti starrte aus dem Fenster und begann zu zählen. Bei dreißig hielt sie inne und überlegte, ob es bis fünfhundert vielleicht dunkel sein würde? Das Zählen war langweilig, also hörte sie auf. Ihre Mutter, die sie Musch nannte, würde heute noch später als sonst heimkommen, was im Grunde nichts besagte. In der Regel kam Musch immer erst dann, wenn sie schon schlief. Das Streicheln ihrer Wange bekam Gitti selten mit. Manchmal, wenn es so spät war, dass Musch Angst hatte, ihre Tochter dadurch zu wecken, fiel das Streicheln auch aus. Heute würde sie ihre Tochter auf keinen Fall streicheln. Das wusste Gitti. Und es war ihr sehr recht. Denn heute würde sie nicht schlafen, wenn Musch müde von der Arbeit nach Hause kam. Heute würde sie nicht einmal in ihrem Bett liegen.

Der kleine Lukas, den alle Freunde und Nicht-Freunde nur den kleinen Lu nannten, stand um diese Zeit ebenfalls am Fenster und starrte auf die Straße hinaus, auf der noch ein paar nimmermüde Sonnenstrahlen tanzten. Es war in der vergangenen Stunde deutlich ruhiger geworden. Die Autos, die vorbeifuhren, hatten es nicht mehr so eilig. Es roch nach Abend, und sogar der stetige Wind, der den ganzen Tag deutlich zu spüren gewesen war, schien in einen sanften Schlaf zu fallen.

Lukas mochte an Schlaf nicht denken. Dazu war er viel zu aufgeregt. Den ganzen Tag hatte er an nichts anderes gedacht, als dass es endlich Abend wird. Seine Großeltern lagen schon lange im Bett, was sie um diese Zeit meist taten. Sie waren alt und krank. Opa noch ein bisschen mehr als Oma. Seit dem Autounfall waren sie die einzigen, die sich um ihn kümmerten. Der Unfall lag jetzt fünf Jahre zurück und Lukas hatte praktisch keine Erinnerung mehr daran. Er vermisste Mama und Papa und Benjamin nur manchmal, wenn Oma und Opa von ihnen sprachen. Was sie nicht oft taten. Und immer wenn sie es taten, wurden ihre Stimmen so leise, dass selbst Lukas sie nicht mehr verstehen konnte. Lukas fand es nicht gut, wenn sie so leise sprachen, dass ihre Augen feucht wurden. Manchmal begann er dann zu lachen. Es sah einfach lustig aus, wenn sie so vor sich hin murmelten. Oma und Opa verstummten dann und sahen ihn strafend an.

Sonst waren Oma und Opa immer sehr lieb. Sie erlaubten viel und schimpften wenig. Aber es war gut, dass sie immer früh zu Bett gingen. Sie würden nachher nicht merken, wenn er sich aus dem Haus schlich.

Kevin Basalski betrachtete die Striemen, die der Gürtel seines Vaters an seinen Oberschenkeln hinterlassen hatte. Sie waren noch deutlich zu erkennen, obwohl Kevin die Schläge fast schon wieder vergessen hatte. Er konnte nicht einmal genau sagen, wofür er sie dieses Mal verdient hatte. Er hatte nicht mehr als sonst angestellt. Und Rauchen tat er schon lange. Das wusste auch sein Vater. Wahrscheinlich hatte ihn Mutter wieder mit Nebensächlichkeiten aufgehetzt. Zum Glück waren es noch vier Tage bis zum nächsten Wochenende. Also musste er sich jetzt noch keine Gedanken machen. Vielleicht war sein Vater besser drauf, wenn er wieder von der Tour zurückkam. Vielleicht verzichtete er sogar auf den Gürtel. Das konnte man nie wissen.

Kevin versuchte sich zu erinnern, wie oft er sie schon von seinem Vater gekriegt hatte. Aber mit Zahlen hatte er es nicht so. Die schrieb er lieber von seinen Schulfreunden ab. Er betrachtete seinen Fußball, der schon bessere Zeiten gesehen hatte, und begann ihn gegen die Wand zu treten. Immer wieder. Erst gemächlich, dann immer fester. Es knallte laut, und in diesem Moment wünschte er sich, dass seine Mutter ins Zimmer käme, um sich darüber zu beschweren. Aber das tat sie nicht. Sie kam nie in sein Zimmer, sondern blieb immer vor dem Fernseher sitzen, um sich irgendetwas anzusehen. Er wusste, dass sie es mitbekam und es sich merkte, um es am Wochenende seinem Vater zu erzählen. Die Liste, die sie vortrug, war immer lang, und die Reaktionen seines Vaters waren immer dieselben. Er hasste sie dafür. Nicht seinen Vater. Der war stark und groß, genauso wie er es eines Tages sein würde. Er hasste seine Mutter, weil sie nicht den Mut hatte, es mit ihrem Sohn aufzunehmen. Sie war eine kleine feige Schnecke, und er hatte ihr das auch schon gesagt. Dafür hatte es später natürlich Prügel vom Vater gegeben, aber die hatte er schnell vergessen.

Kevin wusste, dass er bei seiner Mutter nicht mit einem Film konkurrieren konnte. Er hatte deshalb schon überlegt, ob er selbst einen Film drehen sollte mit vielen Monstern, die sich gegenseitig abschlachten, um ihn hinterher gemeinsam mit ihr anzusehen. Dafür war er aber noch zu jung. Er musste sich etwas anderes einfallen lassen, um ihre Aufmerksamkeit zu erregen. Irgendwann.

Es war endlich dunkel geworden. Gitti hatte sich warm angezogen, obwohl sie beim Öffnen des Fensters nicht den Eindruck gehabt hatte, dass es draußen sehr kalt war. Aber man wusste nie, was Kevin vorhatte und wie lange es dauern würde. Kevin war immer für eine Überraschung gut. Das machte es so spannend. Auf dem Schulhof heute Morgen hatte er nur gesagt, dass sie sich heute Abend bereithalten sollte. Er würde sie abholen. Auch den kleinen Lu, was sicher keine gute Idee war, denn meistens ging etwas schief, wenn der kleine Lu dabei war.

„Mir egal. Es ist dein Freund", hatte Kevin nur gemeint, während der kleine Lu neben ihr stand und keinen Zweifel aufkommen ließ, dass er dabei sein würde.

Lukas und sie waren nur ein Jahr auseinander, aber Gitti hatte das Gefühl von zehn Jahren mehr Lebenserfahrung. Immer wenn sie gemeinsam unterwegs waren, hielt er sich in ihrem Windschatten, um im entscheidenden Moment das Falsche zu tun. Seinetwegen war sie schon einmal fast von einem Lastwagen überfahren worden. Ein anderes Mal war sie nachts in ein Schwimmbecken gestürzt, weil sie ihn vorm Ertrinken retten musste. Der kleine Lu war eine Last, aber sie traute sich nicht, es ihm zu sagen.

Gitti zog den Reißverschluss ihres Anoraks hoch und die Haustür hinter sich zu. Im Lichtschein der Straßenlaterne spielten ein paar Insekten Jojo. Auf ihrer Armbanduhr war es kurz nach 22 Uhr. Um diese Zeit war die Straße wie leergefegt. Es war doch kälter, als sie vermutet hatte. Gitti war froh über ihren Anorak. Sie lief den Bürgersteig entlang bis kurz vor das Haus, in dem der kleine Lu wohnte. Sie brauchte nicht lange zu warten. Der kleine Lu kam sofort heraus und schloss hinter sich die Tür ab: „Damit niemand einbricht. Oma und Opa mögen das nicht."

Er trug nur einen Pullover, Jeans und die üblichen Turnschuhe. „Ist dir nicht kalt?", fragte Gitti.

„Ich habe noch ein Unterhemd an." Stolz zog er den Pullover hoch.

Sie marschierten bis zum Ende der Straße, und der kleine Lu redete unaufhörlich auf sie ein. „Was hat Kevin vor? Will er wieder über den Zaun ins Freibad?"

„Hoffentlich nicht."

„Vielleicht will er wieder bei dem Mietshaus klingeln und dann wegrennen. Oder die Briefkästen mit Papier vollstopfen. Ich habe beim Einkaufen gehört, wie Frau Lauer sich darüber mit einer anderen Frau unterhalten hat. Die fand das nicht komisch. Vielleicht will er auch wieder die Luft aus den Reifen lassen? Oder die Scheiben der Autos mit Seife einschmieren? Wenn er aber wieder Spiegel abtritt, mach' ich nicht mit. Das sag' ich gleich."

„Du kannst ihn selbst fragen." Gitti zeigte nach vorne. „Da kommt er."

Kevins Hände steckten tief in den Hosentaschen. In einem Mundwinkel hing lässig eine Zigarette, die auf und ab schwang, während er sie begrüßte. „Hi Mädels, alles klar?"

„Ich bin kein Mädel", sagte der kleine Lu. „Ich bin schon acht."

Kevin grinste nur. „Also Mädels, seid ihr bereit?"

Der kleine Lu wollte etwas erwidern, aber Kevins stoisches Grinsen ließ ihn verstummen. Wie der kleine Lu trug auch er Pullover, Jeans und Turnschuhe. Nur sah es bei ihm viel cooler aus, wie Gitti fand. Kevin war immer cool. Ein Typ, der vor nichts und niemandem Angst hatte. Gitti war sicher, dass er kein Unterhemd trug. Seine dunklen Haare glänzten vom Gel wie die Scheibe des Schaufensters hinter ihm.

„Also Mädels", sagte Kevin ein drittes Mal. „Wir haben viel vor. Ich habe mir überlegt, dass wir dem verrückten Scholz einen Besuch abstatten."

Gitti und der kleine Lu sahen ihn entsetzt an.

„Glotzt nicht! Ist doch eine prima Idee. Oder habt ihr die Hosen voll?"

„Ich weiß nicht", sagte Gitti. „Was willst du denn da? Ist doch langweilig."

„Wir schleichen uns in seinen Garten und machen ein bisschen Lärm. Mal sehen, was passiert."

„Ist doch langweilig", sagte auch der kleine Lu.

Kevin klopfte die Asche von seiner Zigarettenspitze. Sie fiel auf einen Turnschuh des kleinen Lu, der einen Satz machte. Kevin kicherte.

„Überhaupt nicht langweilig, ihr werdet schon sehen. Ich habe neulich mitgekriegt, wie die alte Scholz ihren Bruder fast erwürgt hätte. Hat nicht viel gefehlt."

Gitti und der kleine Lu sahen ihn an, als hätte er einen Hund verschluckt. Kevin genoss die Blicke.

„Wo hast du das gesehen?", fragte Gitti.

„Im Garten der beiden. Die Vorhänge waren nicht ganz zugezogen und alles war hell erleuchtet. Also was ist? Kommt ihr mit? Oder seid ihr zu feige?"

„Quatsch", sagte Gitti und winkte mit derselben Lässigkeit ab, wie Kevin es oft tat.

„Quatsch", echote der kleine Lu, ohne die Hand zu heben.

Kevin nickte zufrieden. Wortlos drehte er sich um und stapfte los. Die beiden hatten Mühe, ihm zu folgen. Sie liefen über die Straße und überquerten noch eine weitere, bevor sie in Richtung Bundesstraße weitergingen.

Gitti dachte an den verrückten Scholz und seine Schwester. Über die beiden wurde viel im Ort erzählt. Meist nichts Gutes. Sie lebten erst seit einigen Jahren in Nierstein. In einem großen Haus außerhalb des Ortes, das von einem riesigen Garten umgeben war. Jeder fragte sich, wie die beiden es schafften, diesen Garten instand zu halten. Aber irgendwie bekamen sie das hin. Keiner wusste so genau, wovon die beiden lebten.

Angeblich hatte Frau Scholz schon zweimal im Lotto gewonnen. Andere erzählten, dass die beiden ein riesiges Vermögen geerbt hätten. Gittis Nachbarin wiederum hatte ihrer Mutter erzählt, dass der Scholz ein Bankräuber sei, der bei seinem letzten Überfall von einer Polizeikugel an der Schläfe getroffen wurde und deshalb so wirr im Kopf sei. Unbestritten war, dass beide sehr zurückgezogen lebten und keinem Verein angehörten und nur Frau Scholz ab und zu beim Einkaufen gesehen wurde. Dr. Wirrwall, der Nervenarzt, war schon mehrmals in ihrem Haus gewesen. Auch das wusste Gitti von der Nachbarin. Mit ihrer Mutter hatte sie noch nicht viel über die beiden gesprochen. Wenn Musch abends nach Hause kam und sie Gitti noch wach antraf, war keine Zeit mehr für lange Gespräche. Und an den Sonntagen gab es Wichtigeres als die Geschwister Scholz.

Kevin eilte mit großen Schritten voran. Man merkte, dass er nicht zum ersten Mal dorthin lief. Der kleine Lu wagte kaum, ihn anzusprechen. Ein Versuch scheiterte kläglich, weil ein Auto angerast kam und Kevin ihn so energisch zur Seite stieß, dass er das Gleichgewicht verlor. „Vorsicht, Kleiner! Habe keine Lust, dich von der Straße abzukratzen." Der kleine Lu rappelte sich wieder hoch und sah verängstigt den Rücklichtern nach.

Im Gänsemarsch marschierten sie nun hinter Kevin am Seitenrand der Bundesstraße her. Gitti konnte den Atem des kleinen Lu hinter sich spüren, so dicht blieb er an ihr dran. Sie liefen fast eine Viertelstunde, bis Kevin sie nach rechts auf einen Seitenweg dirigierte. „Nur noch ein paar Meter", erklärte er.

Es war nicht dunkel genug, um nichts zu erkennen, aber auch nicht hell genug, um alles wahrnehmen zu können, was vor ihnen lag. Kevin schien damit keine Probleme zu haben. Er lief wie von einer unsichtbaren Kette gezogen. Der kleine Lu stolperte mehrmals und hielt sich immer wieder an Gittis Anorak fest. „Sind wir gleich da?", fragte er unsicher.

Endlich blieb Kevin stehen. In einiger Entfernung waren die Umrisse einer großen Hecke zu erkennen. Die oberen Enden ragten wie spitze Türme in den Himmel.

„Und jetzt?", fragte Gitti.

„Gehen wir rein", sagte Kevin bestimmt. „In der einen Heckenseite ist ein Loch. Mir nach, Leute."

Und noch bevor sie etwas sagen konnten, lief er los. Gitti und der kleine Lu folgten ihm in gebückter Haltung. Kevin tat es auch, also musste es einen Sinn haben. Sie rannten über einen Acker. Kurz vor der letzten Furche warf sich Kevin der Länge nach hin und Gitti riss den kleinen Lu mit sich herunter.

„Was ist?", keuchte Gitti.

„Ich dachte, ich hätte etwas gesehen. Habe mich aber wohl getäuscht. Kommt, weiter."

Die letzten Meter bis zur Hecke krochen sie. Gitti dachte an ihren neuen Anorak und daran, was Musch wohl sagen würde, wenn sie völlig verdreckt heimkam. Aber für solche Gedanken war es zu spät. Meter für Meter kamen sie näher an ihr Ziel und schließlich hatten sie es geschafft. Kevin zeigte auf das Loch in der Hecke und schlüpfte hindurch.

„Hey, warte", flüsterte Gitti, während der kleine Lu sich an ihr festhielt.

„Ich will umdrehen", wimmerte er. „Ich möchte da nicht durch."

„Du wolltest doch mit", zischte Gitti und fasste an seine Schulter. Sie merkte, dass er zitterte. „Beruhig' dich, Lu". Ihre Hand suchte und fand seine Wange. Sanft strich sie darüber. „Kevin weiß, was er macht. Keine Angst." Es sollte beruhigend klingen, aber so richtig gelang ihr das nicht. Sie ärgerte sich über Kevin, der keine Anstalten machte, auf sie zu warten. Vielleicht war es am besten, Lu zurückzulassen.

„Wenn du willst, kannst du hier auf mich warten. Wir sind

gleich zurück. Es passiert schon nichts. Kevin hat alles unter Kontrolle."

„Glaubst du wirklich?" Lu hielt immer noch einen Zipfel ihres Anoraks fest.

„Aber klaro." Es gelang ihr nicht ganz, Kevins Ton zu imitieren. Bevor Lu sie noch länger festhalten konnte, nahm sie seine Hand und legte sie behutsam auf den Boden. Dann kroch sie weiter bis zum Loch in der Hecke, schnaufte kurz und krabbelte durch.

Auf der anderen Seite war Rasen, der schon länger nicht mehr gemäht worden war. Die Halme kitzelten an ihrer Nase. Sie drückte sich tief nach unten und wartete einige Sekunden, bis sie den Kopf hob. Was sie sah, war enttäuschend. Wenige Meter vor ihr war ein dichter Farnbusch, der ihr die Sicht nahm. Was dahinter war, konnte sie nicht erkennen. Sie traute sich nicht, sich aufzurichten und kroch stattdessen zentimeterweise zur rechten Seite. Erneut duckte sie sich und blieb liegen. In diesem Moment wünschte sie sich, in ihrem Bett zu sein und auf Musch zu warten.

Von Kevin war weit und breit nichts zu sehen. Irgendwo musste er stecken. Wahrscheinlich war er um den Busch herumgekrochen und längst auf der anderen Seite, wo er auf sie wartete. Hätten sie nur Lu nicht mitgenommen. Es war immer das Gleiche. Der kleine Lu machte nichts als Schwierigkeiten. Es würde das letzte Mal sein, dass er mit dabei war. Und wenn er noch so bettelte.

Wieder schob sie sich ein bisschen weiter vor. Aber sie konnte noch immer nicht viel mehr sehen. Der ganze Garten war voller Büsche und Beete. Überall standen Blumen und irgendwelche Pflanzen, deren Namen sie nicht kannte. Diesseits der Hecke war es deutlich dunkler als auf der anderen Seite, wo Lu lag. Einen Moment lang zog sie ernsthaft in Erwägung, wieder zurück zu krabbeln und zusammen mit Lu das Weite zu suchen. Wenn Kevin sich nicht um sie scherte, musste sie ihm auch nicht nachkriechen. Mochte er doch seinen spannenden Ausflug allein machen. Er würde schon sehen, was er davon hatte. Sie würde einfach mit Lu zurücklaufen und morgen in der Schule kein Wort mehr mit ihm sprechen. Aber dann gewann ihr Stolz wieder die Oberhand. Einfach abhauen war nicht ihr Ding. Irgendwo musste Kevin stecken, und sie würde ihm jetzt gleich sagen, wie blöd sie das fand, was er mit ihnen machte. Vor allem mit Lu, der noch ein Kind war. Sie war immerhin schon neun. Aber Lu tat ihr leid. Das war wirklich gemein von Kevin. Gitti kroch weiter.

Sie meinte etwas zu hören. Ein Rascheln, als ob jemand über ein Blatt Papier strich. Das musste Kevin sein. Aber ihr fehlte der Mut, nach ihm zu rufen. Gitti richtete sich etwas auf und drückte sich sofort wieder fest auf den Boden. Ihr Kopf war gegen etwas gestoßen. Sie traute sich nicht, sich umzudrehen um zu sehen, gegen was. Eine kleine Unendlichkeit blieb sie regungslos liegen, ohne dass etwas passierte. Schließlich nahm sie all ihren Mut zusammen und drehte sich auf den Rücken. Sie erblickte eine Pflanze mit einem langen Stiel und einem kräftigen Kopf. Musch hätte ihren Namen bestimmt gewusst. Nur eine Pflanze, sonst nichts. Wieder wendete sie sich um und verharrte im Gras.

„Kevin?", rief sie leise. „Kevin?"

Auch der zweite Versuch brachte keinen Erfolg. Etwas krabbelte über ihre Hand. Reflexartig zog sie die Hand zurück, schüttelte sie und stieß dabei einen schrillen Schrei aus. Erschrocken über sich selbst hielt sie sich den Mund zu und wagte kaum zu atmen. Sie hatte keine Ahnung, was das eben gewesen war. Vielleicht eine Spinne? Sie hasste Spinnen. Ekel überkam sie. Plötzlich schien es am Boden von Spinnen zu wimmeln. Überall kribbelte und krabbelte es. In Windeseile kroch sie zurück in die Richtung, aus der sie gekommen war.

Die Strecke bis zur Stelle mit dem Loch kam ihr jetzt wesentlich länger vor. Gitti richtete sich auf und klopfte sich die Hosen ab. Die Hosenbeine waren an den Knien klamm. Als sie ihren Kopf hob, stand plötzlich ein Mann vor ihr. Er schien wie aus dem Nichts gekommen zu sein. Erschrocken wich Gitti zurück, weil der Mann bedrohlich auf sie zukam. Seine Augen funkelten böse, soweit sie das in der Dunkelheit erkennen konnte. Der Mann sagte kein Wort und fixierte sie nur, während er näher kam. Plötzlich schnellte seine Hand hoch und legte sich um seinen Hals. Dabei stieß er einen Schrei aus.

Jetzt hielt Gitti nichts mehr. Sie spurtete wie von Sinnen zur Hecke, duckte sich und kroch so schnell sie konnte durch das Loch. Auf der anderen Seite richtete sie sich sofort wieder auf und rannte weiter. Dabei trat sie auf den kleinen Lu, der vor ihr am Boden lag und vor Schmerz schrie.

„Komm!", rief sie und zerrte an seinem Arm.

Der kleine Lu hielt sich den Kopf und wimmerte. Sie fuhr ihn an: „Komm endlich, Lu!"

Mit aller Kraft, zu der sie fähig war, zog sie Lu mit sich fort, der taumelnd neben ihr lief. Sie rannten über den Acker und stolperten mehrmals. Lu fiel einmal hin und sie ebenfalls. Schnell waren sie wieder auf den Beinen und rannten, ohne sich auch nur einmal umzusehen, die ganze Strecke entlang der Bundesstraße bis zum Ortsschild, an dem sie sich atemlos festhielten.

Lu schien es die Sprache verschlagen zu haben. Er schnappte immer wieder nach Luft. Jetzt erst wagte Gitti sich umzudrehen. Es war niemand zu sehen. Trotzdem hatte sie Angst.

„Wir müssen weiter, Lu!"

„Was ist denn los?", krächzte er.

Sie antwortete nicht, zog ihn nur weiter.

Als sie endlich ihre Straße erreicht hatten und eine schweigsame Gitti sich davon überzeugt hatte, dass ihnen wirklich niemand gefolgt war, fragte der kleine Lu: „Wo ist Kevin?"

Gitti schüttelte den Kopf: „Ich weiß es nicht."

Am nächsten Morgen lag Gitti um 10 Uhr noch im Bett. Musch hatte vergeblich versucht, sie zu überreden, doch wenigstens eine Brötchenhälfte zu essen, die auf einem Teller neben ihrem Bett lag. Gitti hatte keinen Appetit und starrte nur an die Decke. Ihre Mutter kam zum fünften Mal an ihr Bett und setzte sich auf den Rand. Sie machte ein besorgtes Gesicht.

„Soll ich Dr. Römer anrufen, damit er vorbeikommt?"

Gitti schwieg.

„Fieber hast du nicht, also kannst du aufstehen. Wir können auch in die Praxis fahren."

„Nein."

„Mein liebes Kind", begann Musch. „Du wolltest heute nicht zur Schule, weil du angeblich krank bist. Sogar so sehr, dass du nicht mal etwas essen oder trinken möchtest. Ich habe mir deswegen kurzfristig frei genommen. Aber ich habe nicht den Eindruck, dass du wirklich krank bist. Also was ist los?"

Gitti wich ihrem Blick aus und drehte sich zur Seite.

„Ich rede mit dir, meine Tochter."

Muschs Stimme war anzumerken, dass ihre Geduld zu schwinden begann. Ihre Mutter konnte sehr energisch werden. Leider konnte man ihr nicht allzu viel vormachen.

Gitti bemühte sich, die richtigen Worte zu finden. Sie wusste nicht, wo sie anfangen sollte. Schließlich sprudelte es einfach aus ihr heraus. Sie erzählte alles: von den nächtlichen Ausflügen mit Kevin und Lu, von Kevins Eskapaden, vom Besuch im Garten und schließlich ihrer fluchtartigen Rückkehr. Als sie geendet hatte, schwieg ihre Mutter. Es war nicht auszumachen, was sie dachte. Nach einer Weile stand sie auf und ging wortlos aus dem Zimmer. Gitti hörte sie im Flur telefonieren. Offenbar rief sie die Schule an. Als sie auflegte, hörte Gitti es blättern, dann telefonierte Musch erneut. Nachdem auch dieses Gespräch zu Ende war, kam sie wieder ins Zimmer zurück. Ihre

Miene hatte sich verändert. Sie sah jetzt nicht mehr besorgt, sondern nur noch ernst aus.

„Kevin ist nicht in der Schule und auch nicht zu Hause", sagte sie. „Seine Eltern rufen die Polizei an."

„Was wollten sie alles wissen?", bohrte der kleine Lu. Die große Pause hatte gerade begonnen, und sie saßen auf einer Stufe im Treppenhaus des Schulgebäudes, wo sie nicht den Blicken der anderen ausgesetzt waren. Gitti hatte das Gefühl, während der letzten zwei Tage mindestens fünfzigtausend Fragen beantwortet zu haben. Alle hatten sie bombardiert: die zwei Polizisten, die noch am Morgen nach Kevins Verschwinden zu ihnen in die Wohnung gekommen waren, Frau Lauer, ihre Klassenlehrerin, Herr Weber, der Rektor, Kevins Klassenkameraden, alle Schüler aus ihrer Klasse und natürlich Musch. Die Fragen von Lu waren dagegen wie lauwarmer Karokaffee.

„Ich habe dir doch alles erzählt."

„Ich weiß es aber schon nicht mehr." Lu ließ nicht locker.

„Herrgott! Die Polizisten wollten wissen, wann wir Kevin das letzte Mal gesehen haben. Ob er noch etwas gesagt hat, bevor er verschwand. Was er anhatte. Wie spät es war, als wir los sind und wie spät, als wir zurückkamen."

Lu war wirklich eine Plage. Er war seit vorgestern fast nicht von ihrer Seite gewichen. Wenn er gedurft hätte, wäre er wahrscheinlich noch nachts zu ihr ins Bett gekrochen.

„Mich haben sie das auch alles gefragt", erzählte er zum wiederholten Mal. Er rieb an seiner runden Brille. Ein breiter Fettstreifen blieb auf dem Glas zurück. „Ob das stimmt?" murmelte er, nachdem er den Fettfleck notdürftig beseitigt hatte.

„Ob was stimmt?"

„Was Frau Lauer sagt."

„Was sagt sie denn?"

„Dass die Polizei heute schon wieder im Scholz-Haus ist."

„Kann schon sein", erwiderte Gitti. „Solange Kevin nicht wieder aufgetaucht ist."

„Dann stimmt es vielleicht auch, dass sie den Garten umgraben."

„Was?"

„Ja!" Lu nickte eifrig. „Weil sie glauben, dass Kevin vergraben wurde. Ich habe gehört, wie Frau Gehring das zu Frau Lauer gesagt hat."

Gitti kaute an ihrer Unterlippe. Wenn das stimmte…Sie dachte an den Mann im Garten und erschauerte. Der Polizist hatte ihr ein Foto von ihm gezeigt. Seitdem wusste sie, dass dieser Mann Herr Scholz gewesen war. Sie wusste auch, dass Herr Scholz krank war. Musch hatte ihr erzählt, was er hatte, aber sie hatte sich den Namen der Krankheit nicht merken können. Irgendwie hatte Herr Scholz wohl seine Hände nicht unter Kontrolle. Auf jeden Fall hatten er und Frau Scholz Kevin nicht gesehen und wussten auch nicht, wo er steckt. Aber vielleicht stimmte das gar nicht.

„Die haben Kevin bestimmt erschossen und dann seine Leiche in kleine Teile geschnitten und alles hundert Meter tief vergraben." Lu blickte grimmig. Gitti sah ihn fassungslos an.

„Wie kommst du denn da drauf?"

„Weiß nicht. Könnte doch sein. In dem Film neulich war das auch so. Und dann haben die Hunde alles wieder ausgegraben und an den Knochen herumgenagt."

„Ach Lu!" Gitti stand auf. „Ich will davon nichts hören. Außerdem ist die Pause gleich vorbei. Wir müssen wieder rein." Sie lief die Stufen hoch in Richtung Klassenzimmer, und der kleine Lu folgte ihr wie ein Schatten.

Roman Basalski schlug die Zeitung zu. Er hatte alles gelesen, was es über den Fall zu lesen gab. Alle hatten berichtet, was sie wussten, und auch, was sie nicht wussten und vermuteten. Letzteres wog besonders schwer, denn es war nicht greifbar. Nicht wie das Lenkrad, das er normalerweise zwölf Stunden täglich zwischen den Händen hielt, manchmal auch länger, wenn es besonders viel zu tun gab. Die Worte waren schwammig wie die Haut von Lisa, die sich den ganzen Tag den Bauch mit Süßigkeiten vollschlug und stundenlang vor dem Fernseher hing, um sich irgendeinen Blödsinn reinzuziehen. Am liebsten hätte er die Kerle, die das schrieben, in seinen Fingern gehabt, um sie wie Zitronen auszuquetschen und dabei vielleicht zu erfahren, was sie wirklich wussten. Oder ob es tatsächlich alles nur Gequatsche war, wie die Typen von der Polizei behaupteten.

Um seine Nachbarn machte er inzwischen einen weiten Bogen. Er konnte die Fragerei nicht ertragen. Sie hingen an seinen Lippen und lutschten ihn aus, um sich danach sofort wieder festzusaugen. Immer wenn sie ihn sahen, zu jeder Tages- und Nachtzeit. Sogar vom Klo holten sie ihn runter und aus dem Bett, wenn er nach ein paar Bierchen gerade beim Einschlafen war. Es waren Klugscheißer, die den ganzen Tag nichts anderes zu tun hatten, als sich um Kevin Sorgen zu machen. Dabei war ihnen der Junge so egal wie ein Sack Fliegen. Niemand hatte sich bislang einen Dreck um ihn geschert. Es war die nackte Neugierde, die in den dummen Gesichtern stand. Sonst nichts. Und er hatte keine Lust, sie zu befriedigen.

Roman Basalski registrierte das monotone Gemurmel des Fernsehers, das aus dem Wohnzimmer herüberschallte. Die Kiste lief mal wieder heiß. Seit Kevins Verschwinden hing Lisa praktisch pausenlos vor der Glotze. Um sich abzulenken, wie sie sagte. Was blanker Unsinn war, denn sie tat nie etwas anderes. Aber ihre Sehgewohnheiten hatten sich geändert. Gerichtsprozesse waren plötzlich angesagt. Und Sendungen über ungelöste Verbrechen oder menschliche Schicksale. Keine Seifenopern und auch keine Talkrunden oder Spielshows. Der Superstar passte nicht mehr zum tatsächlichen Leben.

Seit der Junge fort war, fehlte ein wesentlicher Bestandteil. Die tägliche Aufregung um Kevin hatte nicht nur Lisa beschäftigt, sondern auch seine Wochenenden ausgefüllt. Er konnte sich an keinen Samstag oder Sonntag erinnern, an dem er sich den frechen Kerl nicht zur Brust genommen hatte. In letzter Zeit hatte er allerdings das Gefühl gehabt, dass Kevin die Schläge weniger ausmachten. Als hätte er sich daran gewöhnt, alle paar Tage von seinem Vater mit dem Gürtel oder einem Schlagstock bearbeitet zu werden. Allein für diese Unverschämtheit hatte der Junge schon die Tracht Prügel verdient.

Ein Blick auf den Kalender erinnerte Basalski daran, dass Kevin seit fünf Tagen verschwunden war. Genauso lange war er nun schon zu Hause. Nie hatte es in den vergangenen fünf Jahren einen so langen Zeitraum gegeben, in dem er nicht hinter dem Steuer eines Lastwagens gesessen hatte. Aber er konnte im Moment einfach nicht fahren. Es war ihm nicht möglich, und sein Chef verstand das. Die Frage war nur, wie lange noch? Und wie lange konnte er das durchstehen? Der Fernseher würde vermutlich noch eine Weile mitspielen. Aber er konnte sich nicht vorstellen, weiter tagelang nur über das nachzudenken, was einmal war und eventuell nie wieder kommen würde. Er musste etwas tun.

Er sah aus dem Fenster ins Leere und dachte daran, dass ein paar Straßen von hier entfernt ein Mann und eine Frau über das Schicksal seines Sohnes Bescheid wissen mussten. Entschlossen griff er nach seinen Stiefeln und seiner Jacke. Mit Lisa brauchte er nicht zu reden. Sie würde nicht mal merken, dass er kurz weg war. Als er die Tür hinter sich zuzog, kam gerade ihr Nachbar aus seiner Wohnung. Es stand ihm ins Gesicht geschrieben, dass er keinen Moment zögern würde, den bedauernswerten Vater des verschwundenen Jungen sofort in Beschlag zu nehmen. Vermutlich ahnte er nicht, dass die Gefahr eines Kieferbruchs noch nie so groß gewesen war. Bevor der mitfühlende Nachbar etwas sagen konnte, eilte Basalski grußlos die Treppe hinunter.

Der Volvo ließ eine dicke Staubwolke hinter sich, als er über den Zufahrtsweg zum Anwesen der Geschwister Scholz rumpelte. Basalski fluchte über die Lokalpolitiker, die ihre fetten Hintern noch breiter saßen, anstatt sich um die Ausbesserung der Straßen zu kümmern. Er bremste abrupt, als er das breite Tor erreichte, das zwei mächtige Heckenseiten trennte. Er ließ den Wagen quer davor stehen und stieg aus. Das Tor war nicht verschlossen, und so lief er mit weit ausholenden Schritten den schmalen Fußweg bis zur Haustür.

Er klingelte mehrmals. Es dauerte eine Ewigkeit, bis er hörte, dass sich jemand der Haustür näherte. Sie wurde von einer Frau geöffnet, die er noch nie gesehen hatte. Schätzungen waren nicht seine Stärke, aber er vermutete, dass sie mindestens siebzig sein musste. Ihre Haare waren fast gänzlich ergraut und hingen strähnig herab. Basalski mochte grundsätzlich keine Pagenschnitte, aber dieser Frau stand die Frisur überhaupt nicht. Sie sagte nichts, sah ihn nur an.

„Sind Sie Frau Scholz?", fragte er grußlos.

„Ja", erwiderte sie leise.

„Basalski. Ich bin der Vater von Kevin." Das Flackern ihrer Augen nahm er nicht wahr, als er sich an ihr vorbei in den dunklen Hausflur schob. Es roch nach abgestandener Luft. So musste es in einem Altenheim riechen.

„Was erlauben Sie sich?", sagte Frau Scholz. „Sie können doch nicht einfach hier eindringen. Gehen Sie bitte."

„Langsam, Gnädige." Das Gnädige kam ihm schwer über die Zunge. „Ich will wissen, wo mein Junge ist."

„Das weiß ich nicht", erwiderte sie. „Hören Sie: Das haben wir schon alles der Polizei erzählt. Bitte, gehen Sie."

„Mir ist völlig schnuppe, was Sie denen erzählt haben, verstanden! Ich will jetzt sofort wissen, was mit meinem Jungen passiert ist. Wo steckt er? Was haben Sie mit ihm gemacht?"

„Ich rufe die Polizei." Sie wandte sich ab und wollte zur nächsten Tür.

„Moment. So nicht." Er packte sie an der Schulter und hielt sie fest. Sein Griff war wie ein Schraubstock. Sie rief um Hilfe.

„Hast du mich nicht verstanden? Wo ist Kevin? Was habt ihr mit ihm gemacht?"

„Hilfe", rief Frau Scholz und Roman Basalski versetzte ihr eine Ohrfeige.

In diesem Moment war eine Stimme zu hören. Sie kam von oben. Basalski ließ von ihr ab und sah die Holztreppe hinauf, die in den oberen Stock führte. Am anderen Ende war das Gesicht eines älteren Mannes zu sehen, das er genauso wenig kannte.

„Wer sind Sie?", rief der Mann zu ihm herunter. „Was machen Sie mit meiner Schwester?"

„Wo ist Kevin?", rief Basalski zurück. „Ist er da oben?" Im nächsten Moment hatte er schon die Hälfte der Treppe erklommen. Immer zwei Stufen auf einmal nehmend stand er Augenblicke später vor dem älteren Mann, der zurückwich. „Lassen Sie mich! Gehen Sie sofort. Hilde!"

Basalski machte einen Schritt auf ihn zu. In diesem Moment schnellte die Hand von Scholz hoch. Basalski duckte sich und versuchte Scholz am Kragen zu packen, bekam ihn aber nicht richtig zu fassen, weil dieser sich wegdrehte. Dabei verlor Scholz das Gleichgewicht und rutschte von der obersten Treppenstufe ab. Es folgte ein Schrei, und Scholz fiel hinterrücks die Treppe hinunter. Sein Körper drehte und überschlug sich mehrmals, bis er laut unten aufschlug.

„Was haben Sie gemacht?", schrie Frau Scholz. Sie sank auf die Knie und beugte sich über den leblosen Körper ihres Bruders.

Roman Basalski stand wie erstarrt am oberen Treppenrand. In seinem Gesicht spiegelte sich Fassungslosigkeit. Dann überkam ihn Panik. Seine Starre löste sich, und er rannte die Treppe hinunter. Als er unten ankam, eilte er weiter, ohne einen Blick auf den aufgeplatzten Schädel zu werfen.

„Mörder!", schallte es hinter ihm her.

Er hetzte aus der Wohnungstür, stolperte und fiel auf den Steinboden. Dabei schürfte sein Knie auf. Ohne das Loch in der Hose auch nur wahrzunehmen, lief er weiter bis zum Tor und riss es auf. Er sprang in den Wagen, drehte am Zündschlüssel und fuhr mit quietschenden Reifen los.

Die Staubwolke, die der Volvo hinter sich herzog, war genauso groß wie bei der Hinfahrt, doch Roman Basalski schaute nicht einmal in den Rückspiegel. Mit zusammengekniffenen Lippen hing er verkrampft hinter dem Steuer und raste die Straße entlang, als könne er vor dem Unwetter noch flüchten, das sich hinter ihm auftürmte. Er trat das Gaspedal so sehr durch, dass der Motor laut protestierte. Er rutschte wie ein Fahranfänger mit dem Fuß zweimal ab und ignorierte das Hupen von rechts und links, als er auf die Bundesstraße abbog. Es war, als ob ihn eine riesige Hand von hinten gepackt hätte, um ihn gnadenlos auf den Abgrund zuzuschieben. Mit hohem Tempo bog er in die Seitenstraße ein und überfuhr fast eine Katze, die mit einem Riesensatz zur Seite sprang.

Er stellte den Volvo vor dem Mietshaus ab und benötigte eine Parkfläche, die normalerweise für seinen Lastwagen ausgereicht hätte. Als er ausstieg, atmete er schwer und sah entsetzt auf das blau-silberne Auto, das etwas verdeckt hinter dem parkenden Wagen vor ihm stand. So schnell? dachte er. Sie waren also schon da, um ihn zu verhaften. Es war vorbei. Komischerweise ließ ihn dieser Gedanke ruhiger werden. Eine ganze Wagenladung fiel von ihm ab. Er hatte keine Chance mehr, also musste er sich dem Unausweichlichen stellen.

Langsam und mit hängenden Schultern lief er die Stufen des Treppenhauses hoch. Vor der Wohnungstür hätte er am liebsten laut losgeheult, aber das ließ sein Stolz nicht zu. Er betätigte den Klingelknopf, obwohl er den Schlüssel in der Jackentasche hatte. Das Gesicht von Lisa strahlte wie bei ihrem ersten Urlaub in der Türkei.

„Roman", rief sie überschwänglich. „Stell dir vor: Kevin ist wieder da! Er hatte sich versteckt, der Bengel, und dann nicht mehr nach Hause getraut. Na, ich habe ihm schon gesagt, was ich davon halte. Und dass du ihm noch die Leviten lesen wirst. Die beiden Herren von der Polizei haben ihn zurückgebracht. Ich kann dir gar nicht sagen, wie froh ich bin."

Nachtfahrt
Antje Fries

„Kira, aus!", befahl Wolf März. Der quirlige Rauhaardackel ließ tatsächlich von seiner Fundsache ab, sodass März sie begutachten konnte. Stirnrunzelnd stieß er das Ding mit der Schuhspitze an, um gleich darauf zurückzuschrecken. Nachdem er ein paarmal tief durchgeatmet hatte, fischte März sein Handy aus der Jackentasche und tippte die Notrufnummer ein.

„Ja, Polizei? Hier ist Wolf März, ich bin Jagdpächter in Osthofen, und ich habe gerade ... also ... vielmehr mein Hund ... also, ich weiß jetzt nicht, wie ich das sagen soll. Ich meine, ich glaube, ich habe ein Herz vor mir liegen. Vom Schwein vielleicht. Fein säuberlich rausgetrennt. Wer macht denn so was?"

Der Beamte der Wormser Polizeidirektion war nicht wirklich interessiert an möglicher Wilderei, und so entschloss sich März, sein gut gebügeltes Taschentuch mit Monogramm zu zücken und das Herz mit nach Hause zu nehmen. Er zumindest wollte der Sache sehr wohl auf den Grund gehen.

Er wusste ganz genau, dass seine Frau einen anderen hatte. Seit Monaten schon. Anders wäre die übertriebene Fröhlichkeit nach zwanzig Ehejahren kaum zu erklären. Obendrein hatte sie sich ein neues Hobby zugelegt, das Radfahren, und strampelte wie von der Midlife-Crisis getrieben über die rheinhessischen Hügel, wann immer es ging. Sicher nicht allein, wie er vermutete, denn wozu hätte sie sonst all die überteuerten Kunststoff-Outfits gebraucht, die alle Radler dieser Welt wie eine Wursthaut einschlossen?

März zupfte vorsichtig an den Ecken seines Taschentuchs und legte das tote Organ frei. Unter dem Tisch rumorte der Dackel unruhig, hatte er doch den guten Geruch gewittert.

„Iiih, was hast du denn da angeschleppt?", schimpfte Eva März, als sie den Schuppen betrat, in dessen schummrigem Licht ihr Mann das Herz begutachtete.

„Es könnte vom Schwein sein", brummte er. Eva besah sich den Klumpen genauer und sagte dann leise: „Aber ich hab auch mal gelesen, dass sich Schweine- und Menschenherzen sehr ähneln."

Wolf blickte auf: „O Gott, meinst du wirklich?"

„Ich meine nicht, ich hab's gelesen."

„Ja, das kapier ich schon. Und wenn das hier nun ein menschliches Herz ist?"

„Geh rüber zur Anne, die wird schon wissen, was zu tun ist."

Er hatte an Atropin gedacht, das Gift der Tollkirsche, an das er als passionierter Naturfreund bei seinen Streifzügen durch die Gemarkung leicht herankam. Später hatte er über ein stromführendes Kabel im Gartenteich nachgedacht und auch über Tabaksud im Rotwein, aber am Ende entschied er sich für die schlichte mechanische Methode. Auf dem Weg, den sie unweigerlich gen Heimat radeln würde, wollte er ein dünnes, aber effektives Drahtseil zwischen einem Schilderpfosten und einem Stamm im Gebüsch spannen. Man konnte es kaum sehen, wenn man flott unterwegs war, zumal es bereits zu dämmern begann. Selbst Fußgänger, vermutete er, wären in diese Falle gegangen. Zum Glück war niemand mehr unterwegs um diese Uhrzeit, so konnte er in aller Ruhe Höhe und Spannung regulieren

„Ou, das weiß ich jetzt auch nicht so genau." Anne Mettenheimer kratzte sich ratlos am Kopf und starrte weiter auf das Herz auf der Werkbank ihres Nachbarn.

„Und das hat einfach so im Wingert gelegen?", fragte sie.

„Na ja, wo genau, das weiß ich nicht", antwortete Wolf März. „Die Kira hat's halt in den Fängen gehabt. Was weiß ich, wo sie das her hatte."

„Und da haben wir gedacht, dass du da sicher weißt, was richtig ist", ergänzte Eva März, die nicht zum ersten Mal froh war, eine leibhaftige Kriminaloberkommissarin als Nachbarin zu haben.

Noch einmal kratzte sich Anne Mettenheimer im kurzen, strubbeligen Blondhaar den Kopf. Dann sagte sie: „Also, ich halte das hier nicht für ein Schweineherz. Die sind größer, das hab ich mal bei einer Fortbildung gesehen."

Eva März seufzte. „O je, also von einem Menschen?"

„Abwarten! Die Schweineherzen, die beispielsweise zur Transplantation benutzt werden, sind von Zwergschweinen, weil da die Größe in etwa stimmt. Das könnte es ja auch noch sein."

„Kannst du das untersuchen lassen?", fragte Wolf März vorsichtig.

„Mal sehen. Ich muss eh gleich los, packt's mir mal in eine Tüte, dann guck ich, was sich machen lässt."

Erleichtert blickten beide der Kommissarin nach, als sie mit einem Gefrierbeutel in der Hand den Hof verließ.

Es würde nicht mehr lange dauern. Angestrengt beobachtete er den Radweg und spannte das Seil an, als er ein leuchtend blaues Trikot nahen sah. Das Trikot des regionalen Fahrradclubs, das sie getragen hatte, als sie nach dem Mittagessen losgezogen war. Er schob sich vorsichtig in die Büsche zwischen Landstraße und Radweg, als der Radfahrer auch schon in voller Fahrt aus dem Sattel und auf den Asphalt schoss. Endlich hatte er sie erwischt! Keine Bewegung, nicht mal mehr ein Ächzen! Vorsichtig löste er das Drahtseil und besah sich den Radler genauer. Um Gottes Willen, das war gar nicht seine Frau! Das war der Alex, mit dem seine Gattin so oft durch die Lande getourt war und vermutlich noch weit mehr unternommen hatte. Alex war tot. Mausetot! Genickbruch, das konnte er anhand des unnatürlich verdrehten Kopfes sofort erkennen. Und seine Frau war noch nicht vorbei gekommen, nahte aber sicher unaufhaltsam.

Anne Mettenheimer griff erneut zum Telefonhörer, nachdem sie mit dem zuständigen Rechtsmediziner gesprochen hatte.

„Wolf, ich bin's, Anne. Hör zu, ihr hattet recht mit eurem Verdacht: Es ist ein menschliches Herz. Die Spurensicherung war gestern schon rund um den Fundort unterwegs, aber außer ein paar Blutspuren hat sie nichts gefunden."

„Und jetzt?", fragte März atemlos.

„Wir durchforsten gerade die Vermisstendatei, doch es sieht nicht so aus, als sei etwas Passendes dabei. Aber sag mal, Wolf: Ihr habt das Ohr doch immer nah am Ortsgeschehen, habt ihr nicht etwas gehört?"

„Leider nicht. Aber ich frag die Eva nachher noch mal. Vielleicht weiß die etwas."

Es war schon recht dunkel, bis er Alex ins Gebüsch am Rand des nächsten Ackers gezerrt hatte. Hier im erfreulich krümelig-lockeren Ackerboden würde er nachher ein Grab ausheben. Na gut, beim Alex war sie also schon mal nicht, sagte er sich. Dann konnte er sich so langsam genauer ausmalen, wer weiterhin zur Debatte stand. Sollte sie ruhig noch ein bisschen dort bleiben, er brauchte ohnehin Zeit. Allerdings senkte sich die Nacht mittlerweile dermaßen schwarz, dass er befürchten musste, sie würde sich abholen lassen, anstatt mit dem Rad durchs Dunkel zu fahren.

Das Gelände war weiträumig mit Spürhunden abgesucht worden. Offensichtlich nicht weiträumig genug, denn missmutig nahm Anne Mettenheimer zur Kenntnis, dass nichts gefunden worden war. Absolut nichts. Dafür rief am späten Nachmittag Eva März im Kommissariat an.

„Du, Anne, ich hab da was gehört."

„Ja?"

„Die Frau vom Border ist weg."

„Sagt mir nichts."

„Komm, du kennst doch Borders, die wohnen schließlich mitten an der Hauptstraße. Er ist Professor oder so, und sie, tja, ob die auch was Gescheites schafft, weiß man ja nicht. Jedenfalls ist sie seit ein paar Tagen schon nicht mehr gesehen worden, und der Border sagt, sie sei zu ihrer Mutter gefahren. Ich kann da schnell mal anrufen, wenn du ..."

„Halt, stopp, Eva! Das ist mein Job!", protestierte Anne Mettenheimer lachend.

„Jaja, stimmt auch wieder. Die Mutter heißt Lieberer, glaube ich. Auf jeden Fall wohnt sie in Südhessen irgendwo."

„Das kriege ich schon raus, Eva. Einstweilen vielen Dank, und ich melde mich, wenn's was Neues gibt."

„Ja, das mach aber auch!"

„Versprochen!"

Na also, dachte sich Kommissarin Mettenheimer zufrieden, es war doch noch Verlass auf den Dorftratsch.

Es wurde langsam kühl, aber er durfte sich die Gelegenheit nicht entgehen lassen. Vielleicht nur noch ein paar Minuten, dann würde auch sie hier über den Draht schießen und ihr Leben aushauchen. Sorgfältig hatte er das Drahtseil eben wieder gespannt, als seine Frau aus dem Dunkel auftauchte und ihr Rad mit voller Wucht vom Draht gebremst wurde.

„Frau Lieberer? Mettenheimer hier, von der Kriminalpolizei in Worms. Bitte kriegen Sie jetzt keinen Schrecken, aber können Sie mir sagen, ob Ihre Tochter gerade bei Ihnen ist?"

„Welche?", antwortete die alte Dame am anderen Ende der Leitung. „Ich habe mehrere."

„Ich meine die aus Osthofen."

„Ach so, die. Nein, die habe ich schon seit meinem Geburtstag im Juni nicht mehr gesehen, die fährt ja nur noch Fahrrad. Sonst interessiert die sich für nichts mehr, das sagt auch ihr Mann, und der ist ja sehr gebildet, sogar ein Professor. Wissen Sie, der hat ja letztes Jahr ..."

„Vielen Dank, Frau Lieberer", unterbrach die Kommissarin den Wortschwall abrupt. „Sie haben mir sehr geholfen. Ich sage Ihnen Bescheid, wenn es Neuigkeiten geben sollte."

„Neuigkeiten? Wieso denn? Ist etwas passiert?"

„Na ja, Ihr Schwiegersohn berichtet, Ihre Tochter sei zu Ihnen gefahren."

„Ach so, das hat sie schon öfter behauptet, dass sie zu mir gefahren wäre, dabei war sie bei irgendeinem Kerl. Ich sag's Ihnen, das ist auch nicht leicht als Mutter, so was mitzumachen. Dabei ist der Herr Professor ein richtig Netter!"

Ein Ruck riss sie vom Rad. Sie flog und landete rutschend auf dem Weg. Im ersten Moment überwog der Schock, sodass sie nicht einmal Schmerzen spürte. Im nächsten Moment schon beugte ihr Mann sich über ihr Gesicht. Wo kam er so plötzlich her? War das ein Trugbild? Vorsichtig hob er ihren Kopf an und bettete ihn auf seinem Schoß.

„Schade, deine Landung war nicht perfekt", meinte er.

Sie begriff trotz jetzt rasender Schmerzen und der Panik. Sie merkte, dass sie aus Mund und Nase heftig blutete.

„Warum?", stöhnte sie noch.

Ihren allerletzten, fragenden Blick konnte er im Dunkel nicht mehr sehen, aber es hätte auch nichts daran geändert, dass sie jetzt weg musste.

Professor Border blieb dabei: Seine Frau habe ihm lediglich mitgeteilt, dass sie ihre Mutter für einige Tage besuchen wolle. Falls sie nicht angekommen sei, mache er sich jetzt aber doch ernsthaft Sorgen, gestand er noch.

„Telefonieren Sie denn nicht miteinander?", fragte ihn Anne Mettenheimer verwundert.

„Nein, wieso denn? Wenn etwas passiert wäre, hätte sich doch sicher eine Klinik oder die Polizei gemeldet, also bin ich davon ausgegangen, dass alles wie geplant abgelaufen ist."

Alex passte nicht einfach so in die Grube. Er musste ihn ziemlich verbiegen. Seine Gattin im Partnerlook ließ er einfach auf den Trainingskollegen fallen. Da lag sie nun auf diesem fremden Typen. Für immer. Sie hatte doch nichts anderes gewollt, oder? Er fand es übrigens äußerst praktisch, dass sie dermaßen heftig gestürzt war. So stand seinem Vorhaben auch nicht eine einzige Rippe im Wege. Vorsichtig schnitt er ihren Brustkorb auf und schob die zertrümmerten Knochen beiseite. Dann trennte er das noch warme Herz heraus und legte es in eine Einkaufstüte vom Supermarkt. Ein Herz hatte sie nämlich schon lange nicht mehr gehabt. Und genau deshalb wollte er es aufheben.

Der Professor stimmte einer Hausdurchsuchung problemlos zu, denn schließlich machte er sich ja auch Sorgen um seine Gattin. Womöglich sei ihr doch etwas passiert. Nein, dass ihr Wagen in der Scheune des uralten Anwesens stand, verwunderte ihn nun nicht, denn sie sei oft mit der Bahn zu ihrer Mutter gefahren. Allerdings bemerkte die Kommissarin, dass sich im Schrank der Vermissten jede Menge Fahrrad-Outfits befanden, jedoch nur ein altes Hollandrad in der Scheune lehnte.

„Stimmt, ihr Rennrad ist weg!", bestätigte Professor Border knapp. Dann sprach er von der großen Leidenschaft seiner Frau, die längst alle Hügel Rheinhessens mit dem Rad bezwungen habe. „Aber ich habe keine Ahnung, warum sie diesmal mit dem Rad zu ihrer Mutter wollte", meinte Border schulterzuckend.

Umsichtig schaufelte er Erde auf die beiden und freute sich, dass es leicht zu regnen begann. Niemand würde morgen früh noch merken, dass hier jemand gegraben hatte. Er rollte den Draht zusammen und steckte ihn in seine Jackentasche.

„Herr Professor, wir haben bei der Hausdurchsuchung Blutspuren an Ihrer Kleidung im Wäschekorb gefunden. Es ist nachweislich das Blut Ihrer Frau."
„Ach!"
„Mehr haben Sie dazu nicht zu sagen?"
„Ich kann mir das nicht erklären."
„Wirklich nicht?"
„Aber wenn ich's Ihnen doch sage!"
„Okay, dann etwas konkreter: Wir nehmen Sie jetzt mit aufs Kommissariat, weil wir auch an Ihrem Klappspaten Blut gefunden haben. Reicht das?"
„Sie hatte kein Herz, meine Frau!", sagte Border unvermittelt.
Kommissarin Mettenheimer seufzte: „Ach bitte, Herr Border! Jeder Mensch hat eins, nur schlug das Ihrer Gattin vielleicht nicht mehr für Sie."
„Ich wollte es eben ganz allein besitzen. So, wie sie mir das bei der Hochzeit versprochen hatte. Nun denn ..."
Dann streckte der Professor seine Handgelenke nach vorn, weil er Handschellen erwartete, und ließ sich widerstandslos abführen.

Die beiden ramponierten Rennräder lehnte er in einer Feldholzinsel nahebei an einen der Bäume mitten im Gebüsch.

Schade eigentlich, dass diese teuren Carbon-Dinger nicht einfach wegrosten konnten.

Mit dem Plastikbeutel und dem Spaten in der Hand wanderte er entspannt durch die nächtlichen Weinberge. Es roch nach Regen und Erde. Diese dunkle Schönheit genossen viel zu wenig Menschen, befand er. Obwohl es ihm gerade heute auch nicht ganz unrecht war, dass ihm niemand begegnete.

Als er zu Hause ankam und in den Beutel sah, blieb ihm vor Schreck beinahe selbst das Herz stehen: Die Tüte war gerissen!

Endstation Nachtasyl
Jürgen Heimbach

Vorspiel

Unterschiedlicher hätten die beiden Männer nicht sein können, die am Kofferraum der großen Limousine stehen. Der eine hochaufgeschossen und breitschultrig, in einen dunklen Kampfanzug gezwängt, der Oberkörper mit einer Weste geschützt. Der andere schmal, einen halben Kopf kleiner und zivil mit einer Jeans und einer Lederjacke bekleidet, die ihm über dem Bauch spannt. Er hält ein Handy an sein Ohr, spricht wenig, bestätigt Gehörtes. „Ja, verstanden." „Weiß, wo das ist." „Natürlich." „Nichts auf eigene Faust!"

Um die beiden ist es dunkel, nur das Licht aus dem Innenraum des Wagens, in dem zwei weitere Männer sitzen, und der Schein einer Laterne, die einige Meter von ihnen steht, hellen die Szene ein wenig auf. Ein Platz, von Bäumen gesäumt, die nächsten Häuser mindestens fünfzig Meter weit weg. Ein Stück entfernt parken weitere Limousinen der gleichen Marke.

Der mit der Lederjacke nimmt das Mobiltelefon vom Ohr und sieht zu dem anderen Mann, der sich eine Zigarette ansteckt.

„Und?", fragt der, schnippt das Streichholz weg, tief inhalierend.

„Sie sind in Mainz. Das ehemalige Nachtasyl in der Heinrich-Egli-Straße. Vier. Drei Männer. Eine Frau. Alle bewaffnet."

„Habe nichts anderes erwartet." Nach einem weiteren Zug an seiner Zigarette zieht der Breitschultrige ein Funkgerät aus der Halterung an seinem Gürtel.

„Fertigmachen! Wir fahren nach Mainz. Heinrich-Egli-Straße. Subjekte sind im ehemaligen Nachtasyl."

Er nickt dem Mann in der Lederjacke zu. „Guter Mann. Ihr Mann."

„Sagen Sie Ihren Männern, dass sie auf ihn aufpassen sollen. Sie wissen, was zu tun ist."

Wortlos steckt der Breitschultrige sein Funkgerät ein und geht an die Fondtür der Limousine. Der andere folgt ihm.

Fast unhörbar verlassen die großen Autos den Platz und verschwinden in der Dunkelheit.

Ankunft

Leise und verzerrt dringt der Klang des Martinshorns bis in das Innere des Hauses. Ein großer, schmaler Mann steht an der Wand neben dem Fenster und sieht angestrengt hinaus. Der Große. In der einen Hand hält er eine Halbautomatik, in der anderen eine Stabtaschenlampe. Nichts bewegt sich auf der Straße vor dem Haus. Ein alter Passat und ein Toyota parken halb auf dem Bürgersteig. Die nächsten Häuser sind ein ganzes Stück entfernt. Durch das dreckige Fenster fällt so spärlich Licht in das Zimmer, dass nur Konturen zu erkennen sind.

„Sind weit weg", raunt er über die Schulter einem zweiten Mann zu, der auf der anderen Seite des Raums neben einer Tür an der Wand lehnt. Auffallend klein, gedrungen, Glatze. Der Kleine.

„Weit weg ist immer noch zu nah!", zischt der zurück. Kurz glimmt die Glut einer Zigarette auf. „Woher wussten die Bullen ...?"

„Später!", unterbricht ihn der am Fenster, den Blick nicht von der Straße lassend. „Erst mal sind wir hier in Sicherheit. Wo sind die anderen?"

Als er keine Antwort erhält, wendet der Große seinen Blick vom Fenster ab. Der Kleine ist nicht mehr im Raum.

Kurz darauf Schritte und leise Stimmen.

„Alle da!" Der Kleine zeigt hinter sich. Zwei weitere Personen sind in den Raum getreten. Der Mann am Fenster schaltet die Taschenlampe an. Der Lichtstrahl erfasst nach kurzem Suchen einen Mann mit Vollbart und randloser Brille und eine Frau mit kurzen blonden Haaren. Beide halten Reisetaschen in den Händen, er zwei, sie eine. Sie lassen sie auf den Boden fallen. Fast gleichzeitig. Die Blonde. Der Vollbart.

„Ist euch jemand gefolgt?", knurrt der Große vom Fenster.

„Hältst du uns für Anfänger?", zischt die Frau scharf zurück. „Mach die Funzel aus!"

Sie schützt ihre Augen mit der Handfläche vor dem Lichtstrahl. Ihre Stimme ist ungewöhnlich rau, passt nicht zu dem weichen, mädchenhaften Gesicht. „Wessen Idee war denn der Überfall?"

Der Große geht nicht darauf ein. „Checkt alle Zimmer! Und zwar gründlich. Ich will nicht schon wieder so eine Scheiß-Überraschung erleben. Eine reicht mir für heute."

„Wer sollte denn hier sein?" Der Kleine ist einen Schritt vorgetreten.

„Scheiße, Mann!", blafft der Große. „Macht einfach, was ich sage!" Mit einer Handbewegung scheucht er die drei aus dem Raum. Hin und wieder hallen ihre Schritte und Stimmen bis in das Parterrezimmer.

Plötzlich übertönt das Rauschen einer Toilettenspülung alles andere. Der Große rennt zur Tür. „Welcher Idiot war das?"

„War voll Scheiße! Hat ekelhaft gestunken", kommt es von oben zurück.

„Hab ich es denn nur mit Anfängern zu tun?" Der Große schüttelt den Kopf und steckt seine Halbautomatik in den Hosenbund.

„Wie lange bleiben wir hier?", fragt die Blonde.

Der Große hat sie nicht kommen hören. Er dreht sich schnell um, atmet kurz durch. „Bis sich die Lage beruhigt hat."

„Es gab einen Toten vor der Bank. Da beruhigt sich keine Lage", gibt die Frau bissig zurück. „Sollen wir uns ewig in diesem Loch hier verstecken?"

„Wenn es sein muss, natürlich."

„Und wovon leben?"

„Verdammte Scheiße!", regt sich der Große auf. Unbewusst gleitet seine Hand zu der Waffe im Hosenbund. „Wir sind hier erst einmal in Sicherheit. Es hätte auch anders ausgehen können." Er bellt seine Sätze heraus, versucht dabei nicht zu laut zu werden. „Wir müssen aus der Situation das Beste machen. Und das heißt im Moment, den Kopf einziehen und warten, bis sich die erste Aufregung gelegt hat. Dieser Bau hier steht seit Jahren leer. War 'ne Art Nachtasyl für Penner und Gesocks. Der Betreiber wurde rausgeklagt, weil man ein Büro oder so'n Scheiß hierhin bauen wollte. Sind aber bis jetzt nicht in die Puschen gekommen. Und morgen werden die auch nicht anfangen zu bauen."

„Hier hat jemand in die Ecken gekackt. Riecht ihr das nicht?" Der Mann mit dem Vollbart hat sich neben die Frau gestellt.

„Dann mach es weg! Ab und zu knacken Penner hier."

„Und wenn die jetzt kommen?"

„Und wenn die jetzt kommen?", äfft der Große den Mann nach. „Dann weißt du hoffentlich, was du zu tun hast. Penner gleich Volksschädling. Ist nichts bei dir hängen geblieben? Es geht um die Revolution, Mann."

„Ist ja gut", wiegelt der Vollbart ab und fährt sich mit seinen Fingerspitzen durch den Bart. „Ich mein' ja nur."

„Nix meinen. Handeln! Und jetzt will ich, dass wir dieses Nachtasyl zur Festung ausbauen. Falls die Bullen uns doch auf die Schliche kommen. Geht noch mal durch alle Zimmer! Checkt jeden Winkel! Und nehmt die Akkus aus den Handys! Nicht, dass die Bullen uns orten! Legt die Dinger hier hin!"

Einquartierung

Die drei sind im Haus unterwegs. Der Große steht am Fenster, vor sich die Handys. Nimmt sie nacheinander in die Hand, blickt sich um, behält eines, drückt auf die Tastatur, konzentriert sich, es ist dunkel, kramt was aus seiner Tasche, hantiert weiter an dem kleinen Gerät. Dann legt er es wieder zu den anderen, durchquert den Raum und geht durch den Flur zur Rückseite des Hauses. Steht ein paar Sekunden vor einer Eisentür, verschränkt seine Hände im Nacken, beugt seinen Rücken durch. Bis die Gelenke knacken. Er muss mehrmals an der Eisentür rütteln, bevor sie nachgibt und sich öffnen lässt.

Er lauscht in das Dunkel des Hofes. Nimmt die Halbautomatik in die Hand, entsichert sie, wartet, bis seine Augen sich an die Dunkelheit gewöhnt haben, tritt in den Hof. Vor ihm ein Geviert von sechs mal sechs Metern. Er schaltet die Taschenlampe an. Die drei Seiten des Hofes sind durch hohe Mauern begrenzt. Rechts ist eine Teppichstange an der Wand befestigt, auf der Rückseite eine Eisentür wie die, durch die er eben in den Hof getreten ist.

Der Große sieht hinter sich. Die anderen laufen im Haus umher. Ihre Schritte sind nicht zu überhören. Ab und zu ein Ausruf. Er verzieht den Mund, spuckt aus, geht zu der Tür in der Mauer und drückt die Klinke nach unten.

„Gut", flüstert er vor sich hin, bleibt noch einen kurzen Moment stehen, schließt die Augen, konzentriert sich. Dann, ruckartig, dreht er sich um und eilt ins Haus zurück, zieht die Tür hinter sich zu.

„Hinten ist alles dicht", sagt er zu dem Vollbart, der sich schon in dem Raum mit dem Fenster zur Straße befindet.

„Kein Mensch hier", erklärt die Frau. „Drei Zimmer im Erdgeschoss, zwei oben."

„Gut", sagt der Große, jetzt ruhiger. „Seht zu, dass die Fenster alle dicht sind. Aber nichts vernageln. Es darf niemand merken, dass wir hier drin sind."

„Schon passiert", gibt der Kleine zurück, der sich eine neue Zigarette ansteckt.

„Gut", entgegnet der Große, der das Anzünden mit einem missbilligenden Blick bedenkt, den keiner der anderen sehen kann.

Alle vier stehen jetzt in dem Zimmer.

„Schaut nach, ob irgendwo Matratzen rumliegen. Mit denen sichern wir die Türen."

„Rechnest doch mit den Bullen?" Der Kleine, mit Unruhe in der Stimme.

Der Große baut sich vor ihm auf. Er überragt ihn um fast zwei Kopfgrößen. Er sieht auf ihn herunter, während er spricht.

„Ich rechne mit allem, du Idiot. Lieber einmal zu vorsichtig, als eine Kugel im Kopf. Geht das in deine Birne rein? Es ist Krieg, Mann, und ich will, dass wir uns entsprechend verhalten."

„Ist ja gut", wiegelt der Kleine ab, dreht sich um und verschwindet im Haus.

„Los geh, hilf ihm!", befiehlt der Große der Blonden, die sich gerade auf den Boden gesetzt hat. „Und baut Warnfallen. An den Fenstern und den Türen!"

„Der kann doch auch mal was alleine machen."

„Eben nicht", widerspricht der Große.

Widerwillig erhebt sich die Frau.

„Und wir checken jetzt die Kohle. Hol mal die Taschen!"

Der Vollbart geht zu der Stelle, wo er und die Frau beim Eintritt die Taschen abgestellt haben und bringt sie zu dem Großen, der sich über sie beugt.

„Halt mal!", befiehlt er dem Vollbart, hält ihm seine Taschenlampe entgegen. Der nimmt sie, leuchtet in die Tasche. Der Große schaufelt Geldbündel auf den Boden und beginnt sie zu sortieren. Als er damit fertig ist, folgen die beiden anderen Taschen. Er überfliegt die Geldstapel, die sich vor ihm türmen.

„Achtzigtausend!", sagt er schließlich.

„Nicht schlecht!", bestätigt der Vollbart und beginnt dabei

seine Brille mit einem Taschentuch zu putzen. „Staubig hier!"

„Und ein voller Erfolg, wenn nicht die Bullen aufgekreuzt wären." Der Kleine ist mit der Frau in den Raum getreten. „Warum waren die so schnell da?"

„Darüber werden wir jetzt reden."

Der Große sieht nacheinander die anderen drei an.

Diskussion

„Du stellst dich ans Fenster und beobachtest die Straße!", befiehlt der Große der Frau.

Langsam geht sie dorthin, lehnt sich mit der Schulter an den Fensterrahmen, sieht abwechselnd raus und zu den anderen. Sie sind Schemen in einem dunklen Raum.

„Sind wir hier sicher?", fragt der Kleine. „Woher kennst du diesen verkackten Ort eigentlich? Pennerheim!" Er spuckt aus, nur einen Meter neben den rechten Schuh des Großen. Schwere Schuhe.

Der sieht den Spucker kurz an, überlegt, ballt seine Fäuste, steckt die Hände dann in die Hosentaschen.

Der Vollbart zündet sich jetzt eine Zigarette an.

„Lass die Kippen ja nicht liegen!", blafft der Große. „DNA." Unverständliche, mürrische Antwort.

„Achtung!" Die Blonde bewegt sich vom Fenster weg. Das Geräusch eines sich nähernden Autos. Wird lauter, kurz streift das Licht des Scheinwerfers die Wand des Zimmers, wirft flackernde Muster auf die Tapete. Dann ist es wieder dunkel. Das Motorengeräusch verebbt in der Nacht.

„Du hast die Frage noch nicht beantwortet." Der Kleine bleibt auf Distanz zum Großen.

„Frage?", gibt der zurück.

„Woher kennst du diese Scheiß-Hütte? Asylantenheim."

„Idiot!", blafft der Große zurück. „Keine Asylanten. Nachtasyl. Pennerheim. Das verstehst du besser, was?"

„Ist doch egal. Ist das Gleiche. Asylanten. Penner. Woher kennst du die?"

Einen Moment Schweigen.

„Würde ich auch gerne wissen." Die Blonde sieht kurz vom Fenster weg.

Der Vollbart schnippt den Rest seiner Kippe in ihre Richtung.

„Idiot!", ist die postwendende Antwort.

„Geht's auch mal mit Disziplin?", fordert der Große. „Mit eurem Geschrei bringt ihr uns alle in den Kahn."

„Woher?", insistiert der Kleine weiter. Mutiger. Er macht einen kurzen Schritt auf den Großen zu. Der sieht ihn verwundert an.

„Hab die Hütte mal ausbaldowert."

„Wieso das denn?"

„Wieso das denn? Wieso das denn? Warum wohl? Nicht nur zu kurz geraten, auch beim Hirn reicht's nicht für Normalmaß, was? Zähl zwei und zwei zusammen. Pennerheim. Ausbaldowern."

Er fixiert den Kleinen. Der schweigt.

„Und? Keine Idee?"

„Wolltste die Hütte abfackeln?"

„Abfackeln. Hochjagen. Irgendwas."

„Und warum nicht?"

„Warum nicht?" Der Große äfft den Kleinen wieder nach. „Läuft eben nicht immer alles nach Plan. Außerdem bin ich dir Kleinhirn keine Erklärung schuldig."

„Geht's auch ein bisschen konstruktiver?" Die Blonde schaltet sich ein. „Mit Streiten kommen wir nicht weiter. Aber mich interessiert, wieso die Bullen so schnell vor der Bank waren. Als ob die was gewusst hätten."

Schweigen. Lange.

„Jemand hat's verraten?" Der Kleine schaut jeden der anderen an. Kurze Blicke. „Ja! Verraten! Wie kann es sonst sein, dass die Bullen so schnell vor der Bank waren?"

Der Große gibt einen undefinierbaren Laut von sich.

Die Blonde, lauter: „Hat's euch die Sprache verschlagen?"

Wieder Schweigen, dann der Kleine, während sich der Vollbart eine Zigarette aus der Packung fingert und anzündet. „Ein Verräter. Das denke ich auch. Der Überfall ist verraten worden. Wir haben einen Verräter unter uns."

Erneut Schweigen. Blicke, die sich suchen und dann gleich weiterschweifen.

Das Geräusch von quietschenden Reifen. Weit weg. Dennoch zucken alle zusammen. Sehen zum Fenster.

„Ein einziger Bulle", sagt der Kleine nach einer Weile, „das wäre ein Zufall. Aber ein ganzes Rudel, ...in voller Ausrüstung ..."

„Mal langsam", unterbricht ihn der Große. „Ganz langsam! Wieso haben sie uns dann in die Bank reinmarschieren lassen? Wir haben achtzigtausend Riesen hier. Wenn jemand uns an die Bullen verraten hat, warum haben die uns nicht vorher hopsgenommen ..."

„Beweise, Mann, Beweise!", brüllt der Kleine.

„Geht's noch lauter, du Riesenarschloch?! Hast du sonst auch so laut rumgeschrieen?"

„Was willst du damit sagen?" Der Kleine stellt sich vor den Großen, streckt die Brust raus, den Kopf weit in den Nacken zurückgelegt. Ein groteskes Bild.

„So blöd, wie du dich anstellst, ... außerdem, sich wichtig tun ...da bist du doch groß drin. Wenigstens da drin ..."

Der Kleine geht ihm an die Gurgel, der Große stößt ihn zurück.

„Wo warst du eben? Bist als Letzter ins Haus. Ich hab dich doch gesehen. Hast du telefoniert?"

„Bist du jetzt völlig durchgeknallt?" Die Hand des Großen zuckt zu seinem Hosenbund, in dem die Waffe steckt.

In dem Moment ein feines, sirrendes Klingeln. Alle zucken zusammen.

„Alarm!", warnt die Blonde. „Da macht sich jemand am Eingang zu schaffen."

Klärung

„An die Fenster und die Türen!"

Der Große gibt die Befehle. In der Hand die Halbautomatik. Die drei anderen springen auseinander, laufen durchs Haus. Keine zwei Minuten später kommt der Vollbart zurück, nun auch mit einer Waffe in der Hand, den Lauf auf den Boden gerichtet. „Nichts. Alles ruhig."

Die Blonde steht noch am Fenster, spricht, ohne den Blick von der Straße zu nehmen. „Niemand. Verdammt ruhig. Vielleicht zu ruhig."

Sie warten. Wortlos. Bis der Kleine kommt.

„Wo warst du?" Scharf formuliert vom Großen.

„Oben." Er macht keine Anstalten konkreter zu werden.

„Und?"

„Wie und?"

„Was gesehen?"

„Ruhig." Und, nach einer Kunstpause: „Zu ruhig."

Alle sehen sich an, dann den Großen.

„Abfackeln wolltest du den Schuppen?" Der Kleine geht einen Schritt auf ihn zu, der Vollbart zieht an seiner Zigarette, die Blonde trinkt aus einer Plastikflasche, legt ihre Waffe dafür aufs Fensterbrett.

„Idiot", antwortet endlich der Große. „Dem Leiter hier 'ne Kugel verpassen. Sozial-Arschloch. Exempel statuieren!"

„Wie biste auf den gekommen?"

„Ich hör mich um."

„Warum weichst du allen Fragen aus?"

Der Große dreht sich ruckartig um.

„Was willst du damit sagen?"

„Du antwortest mir nicht. Weichst aus. Ich frage mich noch immer, wieso die Bullen so schnell vor der Bank waren?"

„Vielleicht hast du sie ja dahin gelockt …"

„Ich?" Der Kleine schreit auf.

„Leise! Blödmänner!", zischt die Blonde vom Fenster, ihre Waffe wieder in der Hand.

Der Kleine nun leiser: „Ich wusste ja gar nicht, dass wir die Bank in Nieder-Olm … Und überhaupt. So 'ne Schwachsinnsidee, eine Bank in Nieder-Olm zu überfallen."

„Wenn's nach dir ginge, würden wir jetzt immer noch in irgendeinem Loch rumhängen, große Reden schwingen und nichts tun. Handeln! Wir müssen handeln! Zeichen setzen! Und wir brauchen Kohle, wenn wir unsere Arbeit fortsetzen wollen."

„Fortsetzen?!" Der Kleine lacht kurz und schrill auf. „Fortsetzen. Dead End Street, sage ich dir. Das hier ist 'ne Einbahnstraße. No way out. Endstation."

„Kannst du mal mit diesem verschissenen Englisch aufhören."

Der Vollbart tritt vor, nimmt zwischen den beiden Aufstellung, sieht erst den Kleinen, dann den Großen an.

„Wichser!" Nur ein Wort, dann zieht er zweimal tief an seiner Zigarette. „Wir sind verraten worden. Klarer Fall." Er schiebt mit dem Zeigefinger seine Brille hoch, bevor er weiter spricht. „Die wussten, dass wir kommen."

„Und woher?", wirft die Blonde vom Fenster her ein.

„Guck lieber raus!", weist sie der Große zurecht.

„Idiot!"

Er reagiert nicht darauf.

„Jemand hat uns verraten." Der Vollbart spricht kühl, als ginge ihn das nichts an.

„Scheiße!" Die Blonde flucht. „Wer macht so was?"

„Ein Verräter! Ein V-Mann! V wie verschissener Verräter."

Konfrontation

Die Blonde knallt den Knauf ihrer Waffe auf das Fensterbrett. „Hier? Bei uns? In der Gruppe? Ein V-Mann? Spinnst du!"

Bevor er reagiert, zündet sich der Vollbart eine neue Zigarette an. „Jeder kann ein V-Mann sein. Auch du!"

Er bläst den Rauch in Richtung der Frau. Die umfasst den Knauf ihrer Halbautomatik fester.

„Noch ein Wort ...", zischt sie.

„Genug!" Der Große baut sich auf. „Er hat Recht. Es muss einen Verräter geben."

„So", unterbricht ihn die Blonde. „Wenn dem so ist, wieso sind die Bullen dann noch nicht hier?"

„Vielleicht doch kein V-Mann. So ein Quatsch. Hier, bei uns." Zum ersten Mal seit einiger Zeit meldet sich der Kleine wieder zu Wort. Er klingt unsicher.

Der Große macht eine Geste, dass er sprechen will. Hält mit einem Mal inne. Ein Geräusch. Aufheulender Motor. Nicht weit weg. Sofort verstummen sie, gehen zum Fenster, stellen sich um die Blonde.

„Zurück!", blafft die mit gesenkter Stimme.

Das Motorengeräusch verklingt.

„Steht. Der Wagen steht", flüstert der Kleine. „Ist nicht weit weg. Das sind Bullen!"

„Quatsch!", widerspricht der Große. „Panik ist das Letzte, was wir jetzt gebrauchen können."

„Großfahndung. Die haben einen bestimmten Radius, da wird alles zugestellt." Die Blonde.

„Und in dem Scheiß-Radius sitzen wir? Dann wissen die, dass wir hier sind. Woher wissen die das?" Beim Sprechen hat der Kleine seinen Blick nicht von der Scheibe genommen.

Wieder ein Motorengeräusch. Gebannt starren alle nach draußen.

„Was meinst du?"

„Wir haben keine Chance", antwortet der Kleine. „Die wissen, wo wir sind. Wir sitzen in der Falle."

„Wieso bist du dir da so sicher? Das ist ein Auto. Die fahren auch nachts." Der Tonfall des Großen wird schärfer.

„Das spürt man doch. Wir sind am Arsch. Die haben uns am Arsch."

„Und was schlägst du vor?" Der Große verzieht seinen Mund. Angewidert.

„Aufgeben." Der Kleine kleinlaut.

Nun schauen ihn die anderen drei an.

„Sollen wir uns hier abknallen lassen?" Leichte Panik in der Stimme des Kleinen.

„Einfach so aufgeben?", hakt der Große nach. Die Blonde und der Vollbart beobachten die beiden anderen, sagen nichts. Die Frau sieht immer wieder kurz aus dem Fenster.

„Ja, aufgeben."

Draußen ist es still.

„Weißt du, was ich glaube?", fragt der Große und sieht den Kleinen an, hackt seinen Zeigefinger gegen dessen Brust. Zweimal. Dreimal.

„Was soll ...", will der sich empören, aber weiter kommt er nicht. Der Große packt ihn am Kragen und stößt ihn gegen die Wand.

„Du bist der Verräter. Du!"

Die entsetzten Augen des Kleinen. „Ich? Bist du völlig verrückt?!"

Der Große blickt erst die beiden anderen an, bevor er spricht. „Du erzählst uns einen vom Aufgeben! Weißt du denn, um was es hier geht?! Und du willst aufgeben. Bevor wir nach Nieder-Olm aufgebrochen sind, da warst du weg. Für ein paar Minuten."

„Pinkeln. Ich war pinkeln. Verdammt. Das habe ich doch gesagt." Seine Stimme noch eine Spur panischer.

„Pinkeln. Und dein Handy hattest du mit."

„Willst du ...?"

Weiter kommt er nicht. Der Schlag des Großen lässt ihn augenblicklich verstummen und gegen die Wand taumeln. Er schlägt mit dem Hinterkopf gegen das Gemäuer, geht in die Knie. Der Große setzt nach, packt ihn, reißt ihn hoch. Die geweiteten Augen des Kleinen.

„Halt!", brüllt der Vollbart dazwischen, so laut, dass alle erschrocken zu ihm schauen.

„Das ist harter Tobak." Er hat sich vor den Großen gestellt. Der hält dem Blick stand.

„So hart wie wahr", erwidert der. „Die Sau hat uns verraten. Hab ich schon lange vermutet."

„Hast du Beweise?" Die Blonde vom Fenster, ohne ihren Blick von der Straße abzuwenden.

„Check sein Handy!"

„Spinnt ihr?"

Niemand hört auf den Kleinen. Die Blonde und der Vollbart sehen sich an, dann geht er zu der Stelle mit den Handys, nimmt sie nacheinander in die Hand, bis er das richtige hat, hebt einen der Akkus auf, schiebt ihn ins Gerät, drückt auf eine Taste.

„Prüf die letzten Anrufe!"

Der Vollbart zögert. „Wenn wir jetzt anfangen, uns gegenseitig ..."

Der Große schreit ihn an. „Mach schon! Ich will nicht wegen dem da oder einem anderen hier verrecken ..."

Der Vollbart sieht zur Blonden, die nickt.

„Pin ..."

„Los, sag schon!" Der Große hält den Kleinen noch immer fest am Hals, drückt ihn gegen die Wand.

Der Kleine zögert, der Große knallt dessen Kopf gegen die Mauer. Er röchelt die Nummer, abgehackt, nach Luft schnappend. Der Vollbart tippt sie in das Gerät.

„Letzte Anrufe!" Der Große wendet seinen Blick nicht von dem Kleinen, der ihn entsetzt ansieht.

„Und?"

Der Vollbart sagt nichts, drückt eine Taste, dann eine zweite, hält das Gerät den anderen entgegen.

Freizeichen. Dreimal. Dann wird abgehoben, für drei Sekunden Stille, darauf eine männliche Stimme. „Ja?"

Im Hintergrund sind hektische Stimmen zu hören, auch ein Martinshorn.

„Hallo?", fragt die Stimme. „Wotan?"

„Ja", antwortet der Vollbart.

„Identifizieren Sie sich!"

„Wo sind Sie?"

„Wotan, sind Sie das?"

Er legt auf.

Sechs Augenpaare sehen den Kleinen an.

„Nein!", brüllt der, panisch. „Das ist eine Falle."

Der Vollbart drückt dem Großen das Handy in die Hand, reißt seine Pistole aus dem Hosenbund, geht drei Schritte, bis er vor dem Kleinen steht. Er drückt ihm den Lauf seiner Waffe gegen die Stirn. Genau zwischen die Augen.

Die Straßenlaterne erlischt. In dem Zimmer ist es dunkel.

„Nein, ich war das ..."

Der Knall eines Schusses. Den Bruchteil einer Sekunde später zerbirst die Scheibe, der Vollbart und der Große wenden sich um, sehen noch, wie die Blonde auf den Boden stürzt. Der Kleine sackt zusammen. Der Vollbart schmeißt sich auf den Boden, den Knauf seiner Waffe mit beiden Händen umfassend, der Große stürzt aus dem Raum, geht neben der Tür zum Hof in Deckung. Er lässt seine Waffe stecken.

Aus dem vorderen Zimmer Schüsse, dann erneut das Splittern von Glas, der beißende Geruch von Reizgas, der explodierende Lichtschein einer Blendgranate, zwei dumpfe Explosionen an der Eingangstür.

Dann Getrampel vom Hof. Mehrere Gestalten stürmen durch die offene Tür, der Strahl einer ihrer Lampen trifft den Großen. Er wird von zwei Männern hochgerissen, die Arme auf den Rücken gedreht, Handschellen angelegt. Hände tasten grob seinen Körper ab. Seine Waffe liegt neben ihm auf dem Boden. Eine der Gestalten nimmt sie, lässt das Magazin herausgleiten.

Nachspiel

Zwei Männer in schwarzen Kampfanzügen führen den Großen durch den Hof zu der Tür auf der anderen Seite. Draußen stehen drei dunkle Limousinen, davor zwei Männer mit Maschinengewehren, die Gesichter mit Sturmhauben verdeckt.

Der Große wird zu dem rechten Wagen geführt, muss am Kofferraum warten. Sekunden bleibt er dort stehen, neben seinen beiden Bewachern, bis sich die hinteren Türen des Wagens öffnen und zwei Männer aussteigen. Ein großer, breitschultriger Mann in einem Kampfanzug und ein schmächtiger mit einer Lederjacke.

Der Breitschultrige gibt den beiden Bewachern ein Zeichen zu gehen, dann tritt er hinter den Großen, nimmt ihm die Handschellen ab.

„Wurde auch Zeit!", ist sein Kommentar.

„Gute Arbeit!", sagt der mit der Lederjacke.

„Das Handy. Lasst es verschwinden."

„Was ist passiert?"

„Exekution. Sie glaubten, dass der Kleine der Verräter ist."

„Haben wir gesehen. Ich denke, dass es in deinem Sinne war, dass sie ihn abgeknallt haben. Wir verbreiten die Version, dass er der Verräter gewesen ist. V-Mann. Du konntest abhauen, hast einen Polizisten angeschossen. Erhöht deinen Wert." Er macht eine kurze Pause, lacht. „Gefährlicher Job", fügt er zynisch hinzu. „Die Frau hat es auch erwischt."

Der Große reagiert nicht. Sieht ihn nicht mal an.

„Ich tauche erst mal unter. Suche mir mein eigenes Nachtasyl. Ein sicheres."

Der Breitschultrige zündet sich eine Zigarette an, winkt einen seiner Leute zu sich heran, gibt ihm einen Befehl, macht dem Großen dann ein Zeichen, dem Mann zu folgen.

„Gute Arbeit", sagt er, dann geht der Große los, hinter dem Mann her, steigt in einen dunklen Golf, der etwas abseits steht.

Stille Nacht
Vera Bleibtreu

Greta Nilson wälzte sich nun schon seit drei Stunden schlaflos im Bett. Sie drückte auf die Leuchttaste ihres Weckers: 4.30 Uhr. Sie seufzte. Nur noch eine halbe Stunde bis zum Ende des Nachtflugverbots, dann würde an Schlaf sowieso nicht mehr zu denken sein.

Der kleine Lichtschein erhellte das Profil ihres Mannes, der friedlich neben Greta schlief und schnarchte. Greta wusste nicht, was sie mehr erbitterte: sein lautes Schnarchen, das mühelos alle Ohropax-Barrieren überwand und gegen das der Lärm der Flugzeuge über Mainz manchmal regelrecht dezent erschien, oder die Tatsache, dass er so ruhig schlafen konnte, während sie keinerlei Erholung fand. Richtig empörend fand sie es, wenn er morgens behauptete, er hätte während der ganzen Nacht kein Auge zugetan, der Fluglärm, sie wisse schon. Was sie wusste, war, dass er die ganze Nacht pausenlos geschnarcht hatte. Wer die ganze Nacht nicht schlafen konnte, das war sie.

Greta litt nun schon seit mehr als einem Jahrzehnt unter diesem Zustand. Begonnen hatte es mit einem leichten Schnurcheln, das sie am Anfang sogar noch ganz süß gefunden hatte. Greta lachte gallig auf, als sie daran dachte. Süß fand sie inzwischen gar nichts mehr an Jan. In der Tat würde auch ein Außenstehender nicht auf den Gedanken kommen, Jan Nilson süß zu finden. Greta erinnerte sich daran, dass sie ihn am Anfang zärtlich „mein Mauseschwänzchen" genannt hatte, denn Jan hatte früher seine blonden Haare zu einem Zöpfchen geflochten, das so witzig an seinem Hinterkopf baumelte. Aus dem Mäuschen war ein Elefant geworden, Greta schätzte sein aktuelles Gewicht auf gut 120 Kilo, verteilt auf 1,74 Meter. Zum Glück für ihn war der Pfarrer-Talar ein Kleidungsstück, das selbst diese Fülle barmherzig umhüllte und mit den Jahren zwar etwas speckiger geworden war, seine Passform jedoch nicht verloren hatte.

Jans lichter Haarkranz, aus dem man heute auch beim besten Willen keine Zöpfe mehr flechten konnte, verlieh ihm ein leicht mönchisches Aussehen. Und das entsprach im Wesentlichen auch ihrem Eheleben, denn die Leidenschaft zwischen Greta und Jan hatte sich im gleichen Tempo wie Jans Haare verloren. Greta fragte sich manchmal, ob ihr Mann an anderer Stelle aktiv war, es gab jedoch keinerlei Anhaltspunkte für ihren Verdacht. Wahrscheinlich steckte Jan alle Energie in das Aktionsbündnis „Menschen gegen Fluglärm" und fand in dieser Aufgabe eine Befriedigung, die ihm seine seltenen intimen Stunden mit Greta nicht bieten konnten. Das Beste an denen war, so fand es jedenfalls Greta, dass ihm dabei die Luft fehlte, um Vorträge über Fluglärm oder aktuelle Gemeindeangelegenheiten zu halten. Da er währenddessen auch nicht schnarchte, waren es die spärlichen ruhigen Momente in ihrem Leben. Schade eigentlich, meinte Greta für sich, dass „miteinander schlafen" nicht wörtlich realisiert werden konnte.

Sie selbst träumte sich „dabei" sowieso meist in andere Welten, wobei schon große Imaginationskraft vonnöten war, um sich statt Jans Fülle die knackigen Formen von David Beckham vorzustellen. Praktischerweise hatte ihr David vor einiger Zeit, nur mit einer Unterhose bekleidet, von gefühlt 50 Prozent aller Werbewände in Mainz entgegengelächelt. Das hatte ihr wirklich geholfen, wenn sie auch mit einer Spur von Bedauern festgestellt hatte, dass der Zahn der Zeit sogar an David Beckham genagt hatte. Vor zehn Jahren sah er in der Armani-Unterhosen-Werbung so unwahrscheinlich gut aus, wie es Jan selbst zu seinen besten Zeiten nie geschafft hatte. Sie wollte aber nicht ungerecht sein. David Beckham verbrachte wahrscheinlich die meiste Zeit seines Lebens auf der Hantelbank, während Jans Body keine Chance hatte, gestählt zu werden.

Der einzige Körperteil, der bei Jan gestählt war, war seine Zunge. Die war zu fast jeder Stunde des Tages aktiv und sogar, wie Greta leidvoll wusste, des Nachts, wenn sie in den Rachen zurückfiel und den Luftstrom aus seinem Mund zu einem Schnarchen formte. Grauenhaft.

Sie war selbst schuld. Sie hätte es ahnen können, schließlich hatte sie ihn bei einer studentischen Vollversammlung kennengelernt, bei der der Theologiestudent Jan Nilson mit einer einstündigen Rede alle beeindruckt hatte, alle inklusive der jungen Erstsemestlerin Greta Nannen. Ja, sie war damals beeindruckt gewesen, auch wenn sie sich das heute nicht mehr vorstellen konnte. Sein Mut, vor allen zu reden, diese Eloquenz, und das Mäuseschwänzchen.... Greta seufzte. Sie hatte ihn mehr angebetet als später David Beckham in den Armani-Unterhosen. Es schien ihr, als ob jedes seiner Worte mit Weisheit förmlich durchtränkt war, und es machte ihr damals auch gar nichts aus, ihm stundenlang zuzuhören; sie sog jedes Wort auf wie die Biene den Nektar. Ihre Begeisterung hatte sogar ihre Eltern überzeugt, obwohl die nach dem ersten Kaffeetrinken mit dem zukünftigen Schwiegersohn etwas erschöpft gewesen waren. In Ostfriesland machte man sonst nicht so viele Worte. Ihr Vater war später ganz froh, die Familienunterhaltung seinem Schwiegersohn überlassen zu können. Die einzige, die Jans damaligem Charme nicht erlag, war Antje, Gretas Schwester. Antje meinte nach ihrem ersten Gespräch mit Jan, dass sie es genauso spannend fände, mit einem Radio zu kommunizieren - mit dem Unterschied, dass sie das Radio leiser drehen oder abschalten könne. Greta hatte daraufhin tödlich beleidigt mit einer jahrhundertealten Tradition der Familie Nannen gebrochen und Antje nicht als Trauzeugin gewählt. Das fand nun wiederum Antje nicht wirklich lustig. Inzwischen hatten die Schwestern längst wieder zueinander gefunden, und Greta war froh, sich bei Antje in Sachen Jan ab und zu kräftig ausheulen zu können. Schade, dass Antje so weit weg war.

Nach 20 Jahren Ehe analysierte Greta ihre erste Faszination für Jan nüchtern: Sie war wie ein lebendiger Spiegel seines Enthusiasmus gewesen. Dieses Flackern in den Augen, die leicht gerötete Gesichtshaut, die lebhaft agierenden Hände... In der Tat war Jan jemand, der ständig glühte, ein Mensch, der vom Begeisterungsvirus infiziert war. Inzwischen wusste Greta, dass der Gegenstand für diese Begeisterung sowohl wechselte als auch letztlich nicht relevant und damit austauschbar war. Jan war Gründungsmitglied der Grünen gewesen, hatte ein Komitee zur Rettung von Kindern aus Tschernobyl unterstützt, war einmal auf der Cap Anamur mitgefahren (Greta wusste bis heute nicht, wie er das hingekriegt hatte), war Mitglied der Synode der Evangelischen Kirche gewesen, hatte einmal als Kirchenpräsident kandidiert (vergeblich, zum Glück für die Kirche), war seit seinem Umzug in die Oberstadt stellvertretender Vorsitzender des Vereins zur Erhaltung des Schlesischen Viertels und Mitglied einer Unterstützer-Plattform für Eltern zu früh geborener Kinder an der Uni-Kinderklinik in Mainz. Greta kannte Leute, die wegen Jan aus der Synode ausgeschieden waren, weil sie seine ständigen Wortmeldungen psychisch und physisch nicht ertragen konnten. Jan war eine Art Antrags-Auswurf-Maschine. Er war mühelos in der Lage, den Vorsitzenden jeder Sitzung in den Wahnsinn zu treiben.

Greta wusste aus eigener Erfahrung, dass Jan Menschen, die ihn noch nicht kannten, tatsächlich mitreißen konnte. Jedenfalls eine Zeit lang. Wahrscheinlich wechselte er deshalb so regelmäßig die Vereine, weil seine Wirkung auf andere Menschen nach recht kurzer Zeit nachließ. Jan nervte bald. Wer ihm in die Finger fiel, hatte keine einsamen Stunden ohne E-Mails mehr. Mit Jan im Verteiler blinkte regelmäßig das Nachrichten-Eingangs-Signal mit rotem Ausrufezeichen. Jan hatte immer was zu sagen.

Seit letztem Jahr zum Thema Fluglärm über Mainz. Der ja auch in der Tat unerträglich war. Für Greta war die Kombination Jan und Fluglärm jedoch richtig höllisch. Der Lärm über den Dächern von Mainz korrespondierte mit dem Lärm in ihren eigenen vier Wänden. Denn seit Jan bei „Menschen gegen Fluglärm" war, klingelte im Hause Nilson ständig das Telefon. Jan gab Interviews, organisierte Telefonkonferenzen und Demonstrationszüge, koordinierte Sit-ins und Treffen mit den Lokalpolitikern. Greta hatte keine ruhige Minute mehr. Einmal kam sie nach Hause und traf ihren Ehemann mit dem neuen Oberbürgermeister an. Das war einer der seltenen Tage, an denen auch mal ein anderer zu Wort kam. Jan Nilson hatte für zwei Stunden seinen Meister gefunden.

Greta fragte sich, wie lange das mit Jan im Pfarramt der Melanchthon-Gemeinde gut gehen würde. Jan hatte hier die Vakanzvertretung, nachdem die Pfarrerin der Gemeinde sich erfolgreich auf die Auslandspfarrstelle in Rio de Janeiro beworben hatte. Neidisch dachte Greta daran, dass sich Pfarrerin Dr. Daubmann wahrscheinlich gerade im knappen Bikini an der Copacabana sonnte und bei einem Caipirinha über die nächste Sonntagspredigt meditierte, während sie im flugzeugüberdröhnten Mainz festsaß. Noch kamen Jans Predigten bei der Gemeinde gut an, und viele waren beeindruckt davon, dass sie einen so aktiven Pfarrer hatten. Doch Greta wusste, es war nur eine Frage der Zeit, bis der Gewöhnungseffekt eintreten und der Kirchenvorstand kritisch nachfragen würde, wie es um die Erledigung der weniger spektakulären Aufgaben des Gemeindepfarramts bei Jan Nilson bestellt war.

Es hatte seine Gründe, warum Pfarrer Nilson in den letzten Jahren regelmäßig die Stelle gewechselt hatte. Geburtstagsbesuche bei den Senioren der Gemeinde waren nämlich nicht so seine Sache, und Verwaltung fand er eher lästig und unter seiner Würde. Der Konfirmanden- und Schulunterricht fiel bei ihm häufig aus, weil Jan von seinen Aktivitäten sehr beansprucht wurde. Außerdem hatten die Kinder und Jugendlichen die Angewohnheit, ab und an selbst gerne etwas zum Unterrichtsgespräch beitragen zu wollen, was er wenig schätzte. Zuhören war noch nie seine Stärke gewesen.

4.45 Uhr. Noch eine Viertelstunde bis zum Ende des Nachtflugverbots. Jan schnarchte. Greta gab auf und stieg vorsichtig aus dem Bett, was letztlich überflüssig war, denn so leicht weckte Jan nichts auf. Er schlief den Schlaf der Seligen. Greta schlüpfte in ihre Pantoffeln und zog ihren Bademantel an. Es war noch kühl in der Küche, Nachtabsenkung, außerdem machte sich draußen der Winter bemerkbar. Nur noch 10 Tage bis Weihnachten. Müde setzte Greta Wasser auf und brühte sich einen Tee auf.

Abgesehen vom Fluglärm gefiel es Greta in Mainz richtig gut und sie hatte keine Lust, schon wieder einen Umzug organisieren zu müssen, nur weil Jan sich mit allen Leuten überwerfen würde. Hier in Mainz hatte sie schnell eine Stelle in einem Kindergarten gefunden. Greta konnte sich heute noch dafür ohrfeigen, dass sie nach Hannahs Geburt ihr Studium abgebrochen hatte. Ihre kleine Schwester Antje war jetzt erfolgreiche Anwältin in Hamburg, wusste nicht wohin mit ihrem Geld und verfügte über einen netten Lebensgefährten und ein ruhiges Apartment in Blankenese, während Greta in der engen Pfarrdienstwohnung saß, die nicht mal Platz für ein zweites, schnarchfreies Schlafzimmer bot, und noch dankbar sein musste, dass sie für einen Hungerlohn im Kindergarten schaffen durfte. Sie nahm einen Schluck Tee und verbrannte sich leicht die Zunge. Es war schon ungerecht, dass sie bei einer Scheidung heutzutage keinen Cent bekommen würde.

„Die Zeiten der Versorgungsehe sind vorbei", hatte Antje ihr bedauernd erklärt. Jahrelang hatte sie den ganzen Haushalt und Jans Chaos gemanagt, und was hatte sie jetzt davon? Hannah war aus dem Haus und würde noch nicht mal Weihnachten nach Mainz kommen. Ihre Tochter fuhr lieber mit ihren Freunden in Skiurlaub. Ja, andere konnten ihr Leben genießen!

Im Grunde konnte sie Hannah verstehen. Richtige Weihnachtsstimmung gab's bei ihnen ja nicht. Manchmal musste Jan vier Gottesdienste am Heiligen Abend halten, da blieb keine Zeit für ein gemütliches Herings- oder Kartoffelsalat-Essen, Blockflötenvorspiel und Gedichte unterm Weihnachtsbaum. Wer wollte schon einen Vater, der den ganzen Feiertag mit wehendem Talar in die Kirche eilte und eine frustrierte Mutter, die einen Tannenbaum schmückte, vor dem niemand sitzen würde. Greta spürte, wie ihr Tränen in die Augen stiegen. Ihr Leben war unerträglich!

Eine Zeit lang hatte sie gehofft, dass Jan einen Herzinfarkt bekommen könnte. Doch leider hatte sein Hausarzt den Blutdruck mit wenigen Tabletten in zivile Bahnen gelenkt. Erstaunlicherweise war Jan trotz seiner Fülle recht gesund, wahrscheinlich hielten ihn seine ständigen Aktionen ausreichend in Bewegung, denn Sport trieb er natürlich nicht.

Leider mochte er auch keine Bergwanderungen oder Segeltörns, was unaufwändige Möglichkeiten gewesen wären, seinem Leben ein jähes Ende zu bereiten. Auf einer Fastnachtsparty hatte ihr eine zu diesem Zeitpunkt schon ziemlich angeschickerte ältere Dame von einem Fall erzählt, in dem ein Mann seine Frau bei einem Segeltörn in der Adria loswerden wollte. Auf offenem Meer hatte er sie ins Wasser locken wollen, vorgeblich um mit ihr schwimmen zu gehen. Die Frau hatte das perfide Manöver aber durchschaut, war mit dem Boot davongefahren und hatte ihren Mann seinem Schicksal überlassen. Interessiert erfuhr Greta, dass auch 28 Grad warmes Wasser auf Dauer zu kalt für einen Menschen ist und der Betroffene unterkühlt und ertrinkt - jedenfalls, wenn man weit genug aufs Meer hinausgefahren und Zurückschwimmen nicht möglich ist.

Im Verlauf des Gesprächs hatte Greta vage den Eindruck, dass die ältere Dame ihre eigene Geschichte erzählte, sie hatte so eine satt zufriedene Art, während sie die Einzelheiten genüsslich ausführte - wie eine Katze, die gerade eine Maus verspeist hatte. Doch Greta war diskret und hakte nicht nach. Jemand erzählte ihr später, die Dame sei Witwe und trauere sehr um ihren verstorbenen Mann. Greta traute sich nicht nachzufragen, ob der ertrunken sei. Jedenfalls schied diese praktische Möglichkeit bei Jan aus, da der weder schwamm noch Boot fuhr, höchstens Tretboot im Kurpark von Wiesbaden. Bei Minusgraden würde wahrscheinlich auch dieser Tümpel zum finalen Auskühlen ausreichen, doch Greta verwarf den Gedanken, Jan zu einem winterlichen Bootstrip in Wiesbaden zu überreden.

Sie nippte vorsichtig an ihrem Tee. Sie würde keinesfalls bis zum Sommer warten können, um ihrer Ehe ein Ende zu setzen. Im Grunde war es Notwehr. Er oder sie, das war die Alternative. Sie stand ja jetzt schon vor dem Kollaps. Was Jan mit ihr machte, war chinesische Schlaffolter, nur dass Amnesty International sich nicht um ihre Situation scherte. Greta seufzte, als sie an das kurzzeitige Engagement von Jan bei Amnesty dachte - in welchem Verein war er eigentlich nicht aktiv gewesen?

Der Briefkasten klapperte. Auf ihre Zeitungszustellerin konnte sie sich verlassen. Greta schlurfte nach draußen und holte sich die Zeitung. Gedankenverloren blätterte sie sich durch politische Kommentare und das aktuelle Lokalgeschehen. Sie war so müde, dass sie schon am Ende der Seite vergessen hatte, was sie oben gelesen hatte. Nachrichten aus dem Kreis, die Ratgeberseite Medizin. „Bluthochdruck, die stille Gefahr". Viele Patienten nehmen ihre Blutdruckmedikamente nicht wie verschrieben, und die sogenannten Betablocker neigen dazu, gefährliche Blutdruckspitzen hervorzurufen. Je höher die Dosis, desto höher das Risiko. Fällt der Medikamenten-Schutzschild weg, sind Herz und Gefäße besonderes anfällig. Eine plötzliche Stresserfahrung kann dann tödliche Folgen haben. Greta blätterte weiter zu den Todesanzeigen. Dann blätterte sie zurück.

Sie war jetzt nicht mehr müde. Im Gegenteil. Noch nicht einmal bei ihrer Abiturprüfung im Fach Deutsch vor 25 Jahren hatte Greta sich mit solcher Hingabe einer Textanalyse gewidmet.

Greta stand auf und wühlte in der Küchenschublade, in der Jan seine Blutdruckmedikamente aufbewahrte. Jeden Tag nahm er zwei Tabletten. Eine morgens, eine abends. Aufmerksam studierte Greta den Beipackzettel. Die Höchstdosis lag bei 190 mg pro Tag. Das müsste sich doch problemlos steigern lassen, am besten langsam, das wäre am unauffälligsten. Sie wollte kein Risiko eingehen und Jans Körper behutsam an 400 mg pro Tag gewöhnen. Noch 10 Tage bis Weihnachten – genügend Zeit. Greta holte sich ihren Mörser aus dem Küchenschrank und zerstieß sorgfältig 20 Tabletten zu feinem Pulver. Ein Feinschmecker war Jan noch nie gewesen, und seine üblichen fünf Löffel Zucker im Morgenkaffee würden locker den Geschmack der Tabletten überdecken. Greta nahm sich vor, ihren Ehemann in den nächsten Tagen mit einem abendlichen Glühwein zu verwöhnen.

Am 23. Dezember würden dann abends die Tabletten verschwunden sein. So was konnte ja mal vorkommen. Jan war nie jemand gewesen, der sich mit sorgfältiger Recherche abgegeben hatte, er war eher ein Mann der großen Linie, Kleinigkeiten interessierten ihn nicht. Der Beipackzettel warnte davor, dass die Tabletten schon nach vier Stunden im Körper zur Hälfte abgebaut seien. Greta war sich sicher, dass Jan den Beipackzettel niemals genau gelesen hatte. Im Stress der letzten Stunden vor Weihnachten würde Greta ihn ganz leicht ablenken können: „Die finden sich schon, das macht nichts, nimmst sie halt morgen."

Fehlte nur noch die Stresserfahrung. Das war ein Problem, Jan war durch seine Vereinsaktivitäten Stress gewohnt. Was konnte ihn aus der Ruhe bringen?

Es war eine geradezu himmlische Erleuchtung: Natürlich, die Predigt am Heiligen Abend! Jan war nie ein freier Prediger gewesen, er ging immer mit minutiös ausgearbeitetem Konzept auf die Kanzel und las jeden Satz ab. Sie hatte sich unzählige Male anhören müssen, dass in der feingeschliffenen Rede die eigentliche Qualität der Predigt liege, man solle niemals versuchen, frei zu sprechen, das Evangelium zerfließe dann zwischen den Worten...

Jetzt stand die wichtigste Predigt des Jahres bevor. Die Melanchthonkirche würde aus allen Nähten platzen. Jan würde ans Kanzelpult treten, seine Kladde aufschlagen und darin unschuldig weiße, unbeschriebene Blätter finden. Er würde in hunderte aufmerksame Augen blicken und wissen, dass er nichts sagen konnte. In diesem Moment würde sein armes Herz schutzlos den anflutenden Stresshormonen ausgesetzt sein, denn die gewohnte Überdosis Betablocker fehlte seit dem Vorabend. Gefährliche Blutdruckspitzen. Das müsste reichen.

Greta freute sich für Jan, dass sein spektakulärer letzter Auftritt bestimmt allen in unvergesslicher Erinnerung bleiben würde. Schade, dass er das selbst nicht mehr erleben sollte. Ein besonderer, ja heiliger Moment, den Greta sich auf keinen Fall entgehen lassen mochte. Zumal sie den Ordner mit den weißen Blättern später wieder an sich nehmen wollte. Man wusste ja nie. Auch die Ratgeberseite mit den Tipps zum Thema Blut-hochdruck wäre in der Papiertonne sicher besser aufgehoben als auf dem Frühstückstisch.

Lächelnd nahm Greta einen Schluck Tee. Noch 10 Tage bis zum Heiligen Abend.

Und dann, endlich: Stille Nacht!

Johanna nahm das Handy aus der Jackentasche.

„Hallo Gregor! Bin gleich da. Ich sehe das „Nightlife" schon."

Kaum hatte Johanna auf die Austaste des Prepaid-Handys gedrückt, warf sie es mit einer weit ausholenden Bewegung in die schwarze große Fläche vor sich. Irritiert stellte sie fest, dass es nicht geplatscht hatte. War es überhaupt im Rhein gelandet?

Als wollte sie ihre Zweifel wegwischen, schüttelte sie instinktiv den Kopf. Sie hatte keine Zeit nachzuschauen. Von Weitem hörte sie die Bässe der Musikanlage. Gregor wartete sicherlich schon, und Johanna war bekannt für ihre Pünktlichkeit. Sie wunderte sich, wie viele Leute abends noch an der Rheinpromenade zwischen Malakoff-Passage und Winterhafen unterwegs waren. Zwischen den gestylten und aufgedrehten Nachtschwärmern, wovon sicherlich einige wie sie auf dem Weg in den angesagten Mainzer Nachtclub „Nightlife" waren, sah sie auch Jogger und einige Hundebesitzer.

Komisch, nachts joggen, wunderte sie sich. Doch ihr Herz begann zu flattern. Hoffentlich ging alles gut. Er hatte es verdient. Klarer Fall. Aber sie wollte nicht erwischt werden. Das war es nicht wert. Es musste nur endlich Schluss sein. Schon allein wegen Sarah, der Armen. Sie hatte wirklich nicht mehr weiter gewusst, vor fast einem Monat, als sich die Freunde in der Straußwirtschaft auf dem Engelhof beim Schorsch getroffen hatten. Johanna hatte so etwas schon lange geahnt, aber Christian und Eva waren wie vor den Kopf gestoßen, als ihnen Sarah alles erzählt hatte. Den Freunden war klar geworden, dass sie der Sache unbedingt ein Ende machen mussten.

Upps, fast wäre Johanna über den Hund vor ihr gefallen. Riesiges Vieh.

„Sitz, Hasso!", beugte sich jetzt ein Mann im Dunklen zu dem Hund und streichelte ihn.

Johanna wischte sich ärgerlich über die Hose. Der Köter hatte sie ganz schmutzig gemacht.

„Heh! Haben Sie Ihren Hund nicht besser im Griff?", schimpfte sie.

„Der macht doch nix."

„Aber meine Hose ist jetzt dreckig! Unverschämtheit!"

„Jetzt stellen Sie sich nicht so an."

„Und wer bezahlt mir die Reinigung?"

Der Mann nahm seinen Hund an die Leine, kam näher und schaute an Johanna herunter. „Es tut mir leid", sagte er bedauernd, „aber glauben Sie mir, das bisschen trocknet gleich und dann kriegen Sie es leicht wieder raus."

„Ach, ich muss los! Ich habe eine Verabredung", rief sie ärgerlich und ließ Mann und Hund einfach stehen.

Johanna musste die Augen zukneifen, als sie das „Nightlife" betrat und von gleißendem Licht empfangen wurde. Sie drängelte sich durch Menschenleiber bis zur blutrot erleuchteten Bar auf der gegenüberliegenden Seite des Raumes vor. Johanna hasste den Kontakt mit unbekannten Leibern. Aber es ging nicht anders. Sie brauchte die Menschenmasse. Nur so konnte sie sicher sein, unbehelligt den Ort wieder zu verlassen. Als sie Gregor an der Bar in seinen halb zerrissenen Designerjeans entdeckte, wurde ihr im Magen ganz flau vor Angst, und sie wäre am liebsten wieder umgekehrt. Totsicher, hatte Eva gesagt, sei das Zeugs, und Johanna drängelte sich weiter.

Gregor umarmte sie zur Begrüßung. Zu fest und eine Spur zu aufdringlich nach Eau de Toilette riechend, wie Johanna angewidert wahrnahm. Schnell zog sie sich auf einen der Barhocker hoch.

„Was willst du trinken?", fragte er und blickte sie mit seinem teigig wirkenden Puppengesicht an, das noch nie zu seinem skrupellosen Charakter gepasst hatte.

„Keine Ahnung. Was trinkst du?", fragte sie ihn.

„Caipi! Was sonst?", seine Stimme überschlug sich fast, während er auf sein mit Limetten, hellbrauner Flüssigkeit und Eiswürfeln gefülltes Glas deutete.

„Ist wohl nicht dein erster für heute Abend, was?"

„Nee!"

„Für mich auch einen Caipirinha!", rief Johanna dem alle überragenden, feingliedrigen schwarzen Barkeeper zu. Der Angesprochene nickte souverän, während er sich mitten in dem Chaos nicht aus der Ruhe bringen ließ und weiter Zitrusfrüchte auf einem Brett halbierte.

Gregor quatschte jetzt auf sie ein. Dabei kam er ins Lallen. Er erzählte ihr, wie toll sein neues Architekturbüro sei. Johanna hatte das alles schon gehört, tat aber so, als würde sie aufmerksam zuhören. Dabei stellte sie sich vor, dass er bald tot sein würde. Bei diesem Gedanken verspürte sie Genugtuung. Während Gregor mit glasigen Augen von der Genehmigung seines genialen Projektes schwärmte, gingen Johanna eigentlich nur noch die vielen Menschenleiber, die grellen Scheinwerfer und die stereotyp auf sie einballernde Musik auf die Nerven. Sie sehnte sich nach der angestaubten Straußwirtschaft auf dem Engelhof beim Schorsch. Morgen würde sie dort wieder ihre Freunde treffen. Aber Johanna musste so lange im „Nightlife" ausharren, bis Gregor irgendwann aufs Klo ging.

Ihr Rücken schmerzte. Diese blöden Barhocker zwangen dazu, die Wirbelsäule sacken zu lassen, so dass sich der Rücken ganz taub anfühlte. Sie straffte ihren Oberkörper und kam dadurch Gregor, diesem aufgeblasenen Idioten, 30 Zentimeter näher. Angriffslustig funkelte sie ihm in die Augen. Instinktiv wich Gregor zurück. In dem Moment dachte Johanna voll Hass, dass nicht nur Sarah, sondern sie selbst auch eine gehörige Rechnung mit ihm offen hatte.

Der Barkeeper stellte Johanna augenzwinkernd den bestellten Cocktail hin. Sie registrierte seine schmalen langen Finger und Handgelenke. Gregor blies sich immer noch vor ihr auf. Mit lauter Stimme gegen den Geräuschpegel im „Nightlife" ankämpfend, erzählte er ihr großspurig, welche Klamottenfirmen schon in seinem geplanten und genehmigten Einkaufszentrum unter Vertrag seien.

Johanna nickte begeistert.

„Du entschuldigst mich", unterbrach er sich plötzlich, „ich muss mal kurz für kleine Jungs."

„Ja, klar, mach nur."

„Lauf nicht weg", zwinkerte er ihr noch im Umdrehen zu.

Johanna verfolgte ihn triumphierend mit ihrem Blick, bis er aus ihrem Sichtfeld verschwunden war. Dann schüttete sie blitzschnell das Pulver in sein halbvolles Cocktailglas. Ihren eigenen Cocktail rührte sie nicht an. Bald sah sie Gregor wieder auf sich zu wanken. Mit diesen zerrissenen Jeans will er sich wohl auf jugendlich trimmen, dachte sie angewidert, während sie ihn anstrahlte.

„Du trinkst ja gar nichts!", forderte Gregor sie auf.

„Doch, das ist schon mein zweiter", log sie.

Johanna tat überrascht, als sie auf ihre Uhr schaute: „Mein Gott! Es ist schon halb eins! Ich muss los, Gregor. Ich habe morgen einen ganz harten Tag vor mir. Eine Präsentation für einen Praxisumbau in der Malakoff-Passage."

Verdutzt, aber viel zu besoffen, um zu reagieren, ließ Gregor sie ohne große Proteste ziehen, und Johanna tat er in diesem Moment fast leid, weil er ein armes, besoffenes Schwein war, das beim nächsten Schluck aus seinem Glas tot umfallen würde. Schnell hastete sie nach Hause.

„Johanna Ganter. Das muss es sein. Klingel da", wies Kommissar Gröber seinen Kollegen Nesselring an. Die beiden Kommissare waren während ihrer Nachtschicht zu einer Leiche im „Nightlife" gerufen worden. Verdacht auf Vergiftung hatte der Notarzt festgestellt. In dem völlig überfüllten Nachtclub lag ein Toter mit dem Oberkörper über dem Bartresen. Guido Wohlfahrt, der Chef der Spurensicherung, war sofort mit seinen Leuten angerückt, und sie hatten einen schwarzen Geldbeutel mit Personalausweis direkt neben der Leiche gefunden. Die Spur führte sie in den frühen Morgenstunden zu diesem Loft auf dem Kupferberg.

Ein verschlafener Wuschelkopf erschien an der Tür.

„Frau Ganter?"

„Ja?"

Die beiden Kommissare hielten die Dienstausweise vor die Nase der Frau.

„Heute Nacht gab es im Nachtclub namens „Nightlife" einen Toten, und wir haben Ihren Geldbeutel samt Personalausweis direkt daneben gefunden. Deshalb haben wir einige Fragen an Sie."

Die Frau schaute die beiden Kommissare an und schüttelte ungläubig den Kopf, als hätte sie mit der Sache nichts zu tun.

Doch es half nichts. Gröber und Nesselring nahmen sie mit aufs Präsidium.

Eine halbe Stunde später wurde Johanna Ganter im Mainzer Präsidium von Hauptkommissarin Margarethe Maybach und ihrem Kollegen Stefan Schlotterbeck befragt. Die Frau gab an, nicht zu wissen, wie ihr Geldbeutel in die Bar gekommen war. Da die Kommissare sonst nichts gegen die Frau in der Hand hatten, mussten sie sie wieder laufen lassen. Aber schon zwei

Stunden später meldete sich ein Zeuge, dessen Hund an dem Abend zuvor ein Handy am Rheinufer gefunden hatte. Johanna Ganter wurde wieder ins Präsidium zur Gegenüberstellung einbestellt.

„Ja", bestätigte der Mann, „es war diese Frau, die fast über meinen Hund gefallen wäre. Und davor hatte mir Hasso, also mein Hund, dieses Handy gebracht."

„Frau Ganter, warum werfen Sie ein Handy weg?"

„Keine Ahnung, was Sie mir andichten wollen. Ich will meinen Anwalt sprechen."

Maybach seufzte. Aber so war die Rechtslage. Die Frau war nicht dazu verpflichtet, eine Antwort zu geben. Johanna Ganter durfte gehen.

„Margarethe", versuchte ihr Kollege Stefan Schlotterbeck sie aufzumuntern, „wir kriegen sie schon noch. Ihr Geldbeutel bei der Leiche, das Prepaid-Handy, das sie kurz vor dem Tod von Gregor Schneider an das Rheinufer geworfen hatte. So etwas macht man doch, weil man eine bestimmte Absicht hat. Und dann, denk doch mal an das Ergebnis der Spurensicherung. Guido Wohlfahrt hat ein Glas mit arsenvergiftetem Caipirinha auf der Theke gefunden, direkt neben der Leiche. Das schreit doch geradezu danach, dass Johanna Ganter den Mann vergiftet hat. "

„Stefan, verstrick dich nicht in Vermutungen. Um weiter in diese Richtung ermitteln zu können, müssen wir zuerst die Ergebnisse der Pathologie haben. Es kann auch ganz anders gewesen sein. Was macht deine Recherche über Johanna Ganter und Gregor Schneider?"

„Die beiden haben sich gekannt."

„Aha!"

„Ja, sie sind sogar fünf Jahre lang Kollegen gewesen und haben bis vor einem dreiviertel Jahr zusammen in dem Architekturbüro Tümmler und Söhne hier in Mainz gearbeitet. Dann war Gregor Schneider ein halbes Jahr arbeitslos und ist sehr erfolgreich bei Sander eingestiegen. Das ist das Architekturbüro, das vor kurzem den Großauftrag für das Mega-Einkaufszentrum oben am Lerchenberg an Land ziehen konnte. Der Bericht war groß in der Zeitung aufgemacht. Es heißt sogar, dass Gregor Schneider der Drahtzieher war."

„Super Recherche, Stefan. Das bringt uns weiter. Aber noch fehlt uns das Motiv für einen Mord."

„Falscher Ehrgeiz, Rache oder ... Betriebsspionage!"

„Stefan, grab noch mal tiefer."

Margarethe Maybach überlegte: „Was hat denn die Zeugenbefragung ergeben? So ein Laden wie das „Nightlife" hat bestimmt einen Barkeeper, der alles mitkriegt. Hat er etwas gesehen?"

„Keine Ahnung."

„Wie?"

„Na, der Mann hatte in Deutschland keine Aufenthaltsgenehmigung und ist spurlos verschwunden."

„Das kann doch nicht sein!"

„Doch! Gröber hat mit dem Inhaber des Nachtclubs gesprochen. Er hat zugegeben, dass er den Barkeeper illegal beschäftigt hatte. Der Mann ist sofort verschwunden, als er den Gast hat tot umfallen sehen."

„Oh Mann! Was da so alles rauskommt."

Auf dem Nachhauseweg musste Johanna seufzen: Wie kam sie da nur wieder raus? Aber den Tod hatte Gregor verdient. Erst plante sie zusammen mit ihm das Einkaufszentrum. Ein Riesenprojekt sollte es werden. Sie selbst hatte die Ideen. Sie war die treibende Kraft gewesen. Und als es fast schon bei der Baubehörde genehmigt worden war, kündigte Gregor. Aus! Alles verpufft. Ihre bornierten Kollegen zogen das Ding nicht mit ihr durch. Davon hätte sie ausgehen können. Sie hatten sie schon die ganze Zeit wegen des Einkaufszentrums belächelt. Ja ja, Schuster bleib bei deinen Leisten, hatte sie wütend gedacht, wenn sie in ihre visionslosen Gesichter geblickt hatte.

Ein halbes Jahr ohne Job hatte es sich Gregor gut gehen lassen, war mit seinem Katamaran in der Karibik und sonst wo rumgesegelt. Gerade so lange, wie es die Wettbewerbsklausel in seinem Arbeitsvertrag vorsah, und dann war er zur Konkurrenz gegangen. Mit ihrem gemeinsamen Konzept hatte er das Ding ohne sie hochgezogen. Johanna hatte sich so gedemütigt gefühlt. Wie wichtig waren in dieser Zeit ihre Freunde gewesen. Sie hatte Christian, Eva und Sarah vor Jahren auf einem Abiturtreffen in ihrer Heimat getroffen und sie hatten festgestellt, dass sie mittlerweile alle in Mainz wohnten und beschlossen, sich an jedem dritten Donnerstag im Monat beim Schorsch in der Straußwirtschaft auf dem Engelhof zu verabreden. Heute Abend war es wieder so weit.

Seit einem Vierteljahr hatte sich Sarah verändert. Die Freunde konnten sich das nicht erklären. Die Ringe unter Sarahs Augen deuteten auf schlaflose Nächte hin. Sie wirkte gehetzt. So als würde sie jemand verfolgen. Als die Nachricht in der Zeitung stand, dass das Großprojekt des Architekturbüros Sander von der Baubehörde genehmigt worden war, ging Johanna ein Licht auf. Sarah arbeitete bei ebendieser Baubehörde in Mainz.

Es war Gregor, der Sarah dazu gebracht hatte, das Projekt bei ihrem Chef durchzusetzen. Darauf von Johanna angesprochen, bestätigte Sarah die Vermutung. Sie war in seiner Hand. Sarah hatte Geld von ihm angenommen, mit dem sie ihren Schuldenberg teilweise abtragen konnte. Seit sie in Immobilienprojekte in den neuen Bundesländern investiert hatte, wofür es keine Mieter gab, litt sie ständig unter Geldnot. Gregor hatte Sarah Geld geliehen und sie damit von sich abhängig gemacht.

Sie hatte bei ihrem Chef ein Umweltgutachten unterschlagen, das die Baugenehmigung des Großprojekts unweigerlich zum Kippen gebracht hätte. Circa fünf Meter unter der Oberfläche war die Erde des Grundstücks, auf dem das Einkaufszentrum gebaut werden sollte, durch eine frühere Deponie so stark kontaminiert, dass alle Personen, die damit in Berührung kämen, an Krebs erkranken könnten. Spätestens beim Aushub für den Bau würden Bodenproben diese Tatsache ans Tageslicht bringen, und Sarah würde ihren Job verlieren. Sie hatte kalte Füße bekommen, hatte mit Gregor geredet und wollte in ihrer Behörde alles aufdecken. Aber Gregor hatte sie davon abgehalten. Er hatte es so gedreht, dass die Verantwortung an ihr hängen geblieben wäre. Deshalb fieberte Sarah dem Baubeginn voller Angst entgegen.

Johanna, Christian, Eva und Sarah hatten hin und her überlegt und schließlich war ihnen klar geworden, dass Gregor weg musste. Wenn Gregor tot war, konnte Sarah behaupten, dass er sie erpresst habe. Von dem Geld, das sie von ihm bekommen hatte, würde sie natürlich nichts sagen, und die Freunde hofften, dass Sarah ihren Job würde behalten können. Daraufhin hatten sie den Plan ausgeheckt. Eva hatte das Arsen von ihrem Opa besorgt. Er war Jäger und stopfte seine Tiere selbst aus. Obwohl das Gift von der Gesundheitsbehörde schon längst verboten war, benutzte es der starrsinnige alte Kauz immer noch.

Bisher konnte ihr die Kommissarin noch nicht wirklich etwas nachweisen, dachte Johanna einigermaßen beruhigt. Doch dann kamen ihr wieder Zweifel. Was wäre, wenn der Barkeeper sie bei einer Gegenüberstellung erkennen würde? Was, wenn er gesehen hätte, wie sie das Gift in das Glas geschüttet hatte, dachte sie voller Angst, als sie die Tür zu ihrem Loft aufschloss.

Es war Abend geworden an diesem dritten Donnerstag im Oktober. Sarah, Eva und Christian saßen wie üblich in der

Straußwirtschaft. Doch Johanna war nicht in der psychischen Verfassung hinzugehen. Sie wollte niemanden sehen. Noch nicht mal ihre guten Freunde. Sie hatte die beiden Befragungen noch nicht verarbeitet und befürchtete, wieder ins Präsidium einbestellt zu werden. Was, wenn die Polizei noch mehr Indizien finden würde? Sie fürchtete sich vor den bohrenden Fragen der Kommissarin. Rechtsanwalt May hatte ihr zwar Mut gemacht und wollte sie ab jetzt jedes Mal aufs Präsidium begleiten, aber das half ja auch nichts, wenn noch ein Zeuge auftauchte. Johanna kam immer mehr ins Grübeln. Die sonst so taffe Analytikerin merkte gar nicht, wie sich ihre Gedanken schon im Kreis drehten. Da klingelte plötzlich ihr Handy. Als sie die Nummer auf dem Display erkannte, begann sie heftig zu zittern. Erst nach dem vierten Klingelton nahm sie ab.

Christian, Eva und Sarah sprachen kein Wort. Zusammengesunken saß Eva gegen die Natursteinwand gelehnt und starrte trübsinnig in eine Ecke des Raumes. Christian saß ihr gegenüber und drehte sein Glas sinnlos im Uhrzeigersinn. Neben ihm kauerte Sarah wie ein Häufchen Elend. Ihren roten Augen sah man an, dass sie geweint hatte. Eva und Christian war bewusst, dass sie bei nur einem falschen Wort sofort wieder in Tränen ausbrechen würde. So wie vor zehn Minuten, als Christian vorgeschlagen hatte, dass sie sich alle drei der Polizei stellen sollten. Schnell war ihnen klar geworden, dass sie dann alle wegen Beihilfe zum Mord dran wären und dass das ihrer Freundin Johanna auch nicht helfen würde. Nachdem Sarah ihre Tränen getrocknet hatte, hatte sie tapfer vorgeschlagen, sich alleine zu stellen, aber Christian war dagegen.

„Ach was, es ging Johanna nicht nur um dich. Sie hatte selbst noch eine Rechnung mit Gregor offen. Schließlich hatte er sie im Architekturbüro damals auf das Übelste ausspioniert. Das nagt schwer …“, Christian unterbrach den Satz und alle drei blickten erstaunt zur Tür, als wäre ein Geist erschienen. „Johanna!", fand Eva als erste ihre Worte wieder.

Mit einem Plumps ließ die sich auf den noch freien Stuhl am Tisch fallen. Sie begann zu grinsen, während die Freunde sie erwartungsvoll anstarrten.

„Herzinfarkt! Der gute Gregor ist an Herzinfarkt gestorben. Die Kommissarin hat mich eben angerufen, um mir das mitzuteilen."

„Wie? Er ist nicht vergiftet worden?"

Johann schüttelte erleichtert den Kopf. Das Glas mit dem Gift hatte unberührt neben seiner Leiche gestanden.

„Aber du hast doch gesehen, wie er das Zeugs getrunken hat, oder?"

„Nein, ich habe mich gleich aus dem Staub gemacht, nachdem ich ihm das Gift reingekippt habe. Ich wusste nicht, wie schnell es wirken würde und hatte Angst, dass der Verdacht auf mich fiele."

„Na, das hast du dann ja grandios geschafft, indem du deinen Geldbeutel hast liegen lassen!"

„Sorry, Christian, aber ich tauge wohl nicht zur Mörderin."

„Das ist auch besser so, Johanna ", sagte Eva und strich ihrer Freundin über den Arm.

Nachtwache
Andreas Wagner

Die Ehrings hatten eigentlich gut dazu gepasst. Damals im Frühjahr 1983, als sie alle hier nach und nach ankamen. Zuerst die
Schröders am Anfang der Stichstraße links, dann die Neumayers
aus Berlin. Bärbel Neumayer hatte das in den ersten Jahren immer noch extra betonen müssen. Wir kommen aus Berlin! Sie
hatte dabei stets den weißen Hals in die Höhe gereckt, während
sie die Wirkung ihrer Worte in den Gesichtern der Umstehen-
den abzulesen suchte. Sie und ihr Gerd wohnten vorne rechts,
den Schröders gegenüber. Charlotte und Ludwig Geisler neben
ihnen waren nur wenige Tage später eingezogen. Während sich
die beiden Frauen kühl musterten, hatten Ludwig und Gerd
schon am ersten Abend mit zwei Flaschen Rotwein aus den
unerschöpflich erscheinenden Vorräten der Neumayers unüber-
hörbar für den unbeteiligten Rest der Nachbarschaft lautstark
auf ein gutes Nebeneinander angestoßen. Im Rückblick, nach so
vielen Jahren, kam den beiden sicher das Verdienst zu, die vier
Familien im Wendehammer zusammengehalten zu haben.

Das erste Straßenfest im Sommer 1983 hatten Ludwig und
Gerd spontan anberaumt, jeder stolz, seine Neuerwerbung
präsentieren zu können: eine rot glänzende Biertischgarnitur.
Im nahe gelegenen Baumarkt hatte es die zur Eröffnung als
Sonderangebot gegeben. Aus dem Volvo-Kombi heraus hatte
Ludwig sie direkt vor dem Haus auf der Straße aufgebaut, sein
Schnäppchen zufrieden begutachtend. Acht Plätze, vier auf je-
der Seite. Die ganze Nachbarschaft praktisch an einem Tisch
vereint, Glut im Grill und laue Sommerabende im eigenen
Garten. Er hatte sich die Hände gerieben, als Gerd hupend in
ihre Straße eingebogen war. Die Heckklappe seines neuen Opel
Rekord stand offen. Unter lautem Lachen stellten sie die zweite
Garnitur direkt daneben.

Straßenfest 1983. Der Anfang, ganz spontan. Jedes Jahr am ersten Samstag im Juli gab es die Fortsetzung. Zwei immer voller werdende Biertischgarnituren, lärmende Kinder auf der Straße, der Grill und neugierig vorbeiziehende Bekannte aus den übrigen Seitenstraßen des Neubaugebietes. Ihr habt einen Zusammenhalt. Gute Nachbarn, auf die man sich verlassen kann. Das ist etwas wert! Neid im Blick.

Die Ehrings waren in den letzten Jahren natürlich nicht mehr dabei gewesen, nach allem, was passiert war. Sie waren als letzte in den Wendehammer gezogen. Das zweite Haus auf der linken Seite. Neben den Schröders und gegenüber den Geislers. Das blaue Haus. Die anderen drei Häuser in der kurzen Straße, die sich nach hinten etwas weitete, um mit dem Auto wenden zu können, waren weiß gestrichen. Ein Bauträger hatte die vier Grundstücke gekauft und mit identischen Häusern bebaut. Gleicher Grundriss, gleiche Raumaufteilung vom Keller bis ins Obergeschoss und gleiche Eingangstüren. Die weiße Farbe hat nur für drei gereicht. Klaus Schröders Kommentar dazu, obwohl keiner wirklich wusste, warum das Haus der Ehrings als einziges blau gestrichen war.

Sie waren als Letzte eingezogen. Hans und Jutta Ehring mit ihrer Katze, einer grau getigerten damals, ein paar Wochen nach dem ersten Straßenfest 1983. Obwohl sie als Letzte dazugekommen waren, fügten sie sich doch gut und äußerst schnell ein in die junge Gemeinschaft. Vor allem die Cocktail-Abende, zu denen Jutta einlud, waren ein echtes Highlight. Immer neue Mischungen, kurios zumeist, aber durchschlagend in ihrer Wirkung. Vor allem der schwere Kopf am nächsten Tag. Ein gequälter Gruß über den Gartenzaun hinweg geflüstert. Beim nächsten Mal ganz bestimmt weniger, höchstens zwei. Ein paar Monate später waren die guten Vorsätze längst vergessen und alle wieder mit gleicher Freude dabei. Jutta im Sommerkleid hinter ihrer auf der Terrasse aufgebauten Bar. Schüttelnd und rührend im Rhythmus der grellen Stimme von Cindy Lauper. Immer war einer unterwegs, zur Kontrolle, ob denn die Kinder auch schliefen.

Sie hatten bald alle Nachwuchs. Alle im gleichen Winter, die erste Runde. Die nächsten kamen dann nicht mehr so synchron. Zusammen waren sie oft unterwegs, vier Frauen mit vier großen Kinderwagen auf schnurgeraden Betonwegen durch die Weinberge. Kurze Nächte beklagend über schlafenden Säuglingen. Warum die Ehrings als Einzige drei Kinder bekommen mussten, leuchtete im Rückblick noch viel weniger ein. Aber damals war eigentlich noch alles in Ordnung gewesen.

Es hatte erst später angefangen. Aus ihrer kurzen Straße und dem Wendehammer war ein Spielplatz geworden. Bobbycars und kleine bunte Fahrräder lagen quer. Auf der Veranda saßen die Frauen bei Kaffee und Kuchen im Austausch über die ersten Kindergartentage ihrer Ältesten. Die Tränen und das bange Warten außer Sichtweite schon seit mehreren Tagen. Sie würden ihren Männern später berichten, dass es das Geräusch des splitternden Plastiks war, das sie aufspringen ließ. Begleitet wurde es vom deutlich hörbaren Quietschen der Reifen. Sie brauchten alle vier einen Moment, bis sie um das Haus der Geislers herum und auf der Straße waren. Jutta Ehring folgte mit einigem Abstand, weil sie mit dem Säugling im Arm nicht hatte Schritt halten können. Ihr Mann Hans war da schon aus dem Wagen heraus. Mit glühendem Kopf stand er seitlich vor der Kühlerhaube seines Golfs und trat nach dem roten Bobbycar, das sich unter seinen Wagen geschoben hatte. Zwei Tage später schon stand Jutta vor der Haustür der Neumayers. In der Rechten hielt sie ein neues Bobbycar. Damit war die Sache eigentlich geklärt.

An den Zwischenfall erinnerten sie sich wohl nur deswegen noch, weil er im Rückblick wie ein erstes Anzeichen wirkte. Jutta war weiter mit dabei und auch die Kinder, aber Hans mied von diesem Zeitpunkt an die Gemeinschaft im Wende-hammer. Zum ersten Straßenfest nach dem Vorfall mit dem Bobbycar kam er schon nicht mehr. Er hätte kurzfristig auf eine Dienstreise gemusst und ließe sie alle herzlich grüßen, beteuerte Jutta. Nächstes Mal wieder, ganz bestimmt. Ihr gequälter Gesichtsausdruck verriet allen, dass es ihre Hoffnung war, die sie weitergab und nicht seine Worte. Die Schröders hatten ihn am nächsten Morgen schon früh auf der Terrasse gesehen. Er war also gar nicht wirklich weg gewesen.

Es wurde still um die Ehrings. Wenn sie sich alle in der Nachbarschaft trafen, waren die aus dem blauen Haus nur noch selten dabei. Hans gar nicht und sie nur kurz, meist gehetzt, auf ein Glas Wein, das sie schnell trank, um sich wieder zu verabschieden. Schlecht geschlafen die letzten Nächte wegen der Kinder, Grippe im Anflug, morgen früh gleich ein Termin. Wiederkehrende Ausreden, obwohl doch alle wussten, dass er seine Frau nicht länger zu den anderen ließ. Eine Zeit lang waren sie sich sogar einig, dass sie sich heimlich davonstahl, um den Kontakt zur Nachbarschaft nicht vollkommen abreißen zu lassen. Leid tat sie ihnen. Es musste mal einer mit ihm reden. Der Hans war doch kein schlechter Mensch. Kein Grund also, sich auszugrenzen. Probleme vielleicht, die sie miteinander hatten, Hans und Jutta. Ganze Abende und Nächte füllten sie damit aus, wenn die Kinder schliefen und sie zu sechst bei Rotwein und Salzstangen saßen. Warum bloß diese Isolation, die nur noch knappen Grüße, aus dem Auto schnell ins Haus, um bloß nicht in ein Gespräch verwickelt zu werden?

Ein paar Jahre ging das so. Als Gesprächsthema hatte es längst schon ausgedient. Es war normal geworden, dass die aus dem blauen Haus nicht mehr dabei waren. Demonstrativ lud man sie weiterhin ein. Würde uns freuen, wenn ihr auch mal wieder mit dabei wärt. Du zumindest! Wir wollten Cocktails mixen, wie früher.

Der eisige, schneelose Winter vor gut zehn Jahren: Ehring war schon seit Anfang der Woche weg gewesen. Sein neuer Firmenwagen stand mehrere Tage über am gleichen Platz. Das war ihnen allen aufgefallen. Er musste dienstlich unterwegs sein mit einem Mietwagen oder dem Flieger. Der Transporter parkte nur eine gute Stunde vor dem Haus. Zwei Männer trugen die Umzugskartons nach draußen. Jutta war nicht zu sehen und auch die Kinder kamen an diesem Tag nicht mit den anderen im Schulbus zurück. Charlotte Geisler hatte das zu berichten gewusst. Sie hatte zuerst ihre Kinder und dann die beiden Männer befragt, die die Kisten schleppten. Als Nachbarin stand ihr das zu. Man hatte ja schließlich so viele Jahre gegenüber gewohnt, ganz nahe beieinander. Da konnte einem der Nachbar doch nicht gleichgültig sein! Wohin sie mit den Kartons wollten, hatten die Männer nicht preisgegeben, nur dass sie von Jutta beauftragt worden waren. Es war also doch etwas dran gewesen an den Vermutungen der Schröders. Die wohnten ja schließlich direkt daneben. Sie wollten in den letzten Monaten immer wieder lautstarke Diskussionen gehört haben. Manchmal sogar spitze Schreie. In den frühen Achtzigern waren die Häuser noch nicht so gut gedämmt worden. Die Kälte drang im Winter fast ungehindert nach drinnen und lautere Geräusche fanden auf gleichem Wege leicht gedämpft nach draußen.

Am Freitag nach Juttas Auszug hatten sie alle das Haus hinten links am Wendehammer nicht aus den Augen gelassen. Wenn Ehring auf Dienstreise gewesen war, würde er zum Wochenende zurückkommen. Trotz allem tat er ihnen in diesem Moment leid. Die Frau mit den Kindern abgehauen, während er weg war. Es waren also doch ihre Probleme gewesen, die sie in die Isolation getrieben hatten. Schade, dass es so weit gekommen war! Wenn er jetzt Hilfe brauchte, würden sie ihm beistehen. Da gab es gar keine Diskussionen. Egal, was passiert war.

Von Ehring war nichts zu sehen. Irgendwann in der Nacht brannte Licht im Haus. Die Geislers hatten es bemerkt. Über das ganze Wochenende war niemand im Haus zu hören. Sein Auto stand weiter an der gleichen Stelle. Am Montag früh war es schon weg, als Neumayer, der sonst immer als Erster losfuhr, das Haus verließ. Er schien ihre Hilfe nicht zu wollen. Und nachlaufen musste man ihm auch nicht. Der erste Schritt sollte schon von ihm selbst kommen.

Ehring wurde zum Phantom in den nächsten Jahren. Er grüßte nicht mehr. Kein Nicken, keine flüchtige Andeutung eines Hallos, gar nichts. Nur selten bekam ihn mal jemand zu Gesicht. Sie waren sich aber alle einig: Schlecht sah er aus, ungepflegt und mitgenommen. Er rasierte sich nicht mehr und auch seinen Garten ließ er verkommen. Über die Jahre wuchs er fast ganz ein. Die Hecken und Bäume streckten sich in die Höhe und ließen Ehring und sein Haus verschwinden. Ein enger Garten, in dem sich das Phantom fast lautlos bewegte.

Mit der Katze fing es dann richtig an. Es war die Katze der Geislers. Sie gehörte ihrer jüngsten Tochter, die sie nicht mitnehmen wollte, als sie für das Studium nach München zog. In den Gärten ging es ihr besser, zumal sie es gewohnt war herumzustreunen. Es war eine bildschöne Perserkatze, gut gepflegt mit langem blau-grau schimmerndem Fell. Die Schröders hatten beobachtet, wie Ehring nach der Katze getreten hatte, die durch seinen Garten schlich. Die Geislers wollten ihn bei nächster Gelegenheit zur Rede stellen. Wenn man ihn denn mal auf der Straße oder vor dem Haus sah. Keine zwei Wochen später lag die Katze tot auf dem Asphalt im Wendehammer. Überfahren, wahrscheinlich in der Nacht, wo doch außer den Anwohnern kaum jemand in die Sackgasse hineinfuhr. Wer außer ihm sollte es gewesen sein? Die Geislers stellten ihn zur

Rede. Zumindest versuchten sie es, bis er ihnen die Haustür vor der Nase zuschlug.

Als Nächstes traf es den Walnussbaum. Er hatte schon lange vor den Häusern hier gestanden und sich gut in die Bebauung eingefügt: als Grenzbaum, nahe an den Ehrings, aber noch auf dem Grund der Schröders, deren Garten er nach hinten abschloss. Seit zwei Jahren schon verlor er die Blätter viel zu früh im Spätsommer und sah auch ansonsten nicht mehr gesund aus. Eine Krankheit vielleicht oder das Alter oder doch die vielen Sträucher drumherum. Zu eng das alles? Nach dem Winter trieb er gar nicht mehr aus. Er blieb kahl noch im Juni, bis ihn die Schröders fällen ließen. Dabei entdeckten sie die Kupfernägel, die auf der Rückseite tief in ihn hineingetrieben worden waren. Genau an der Stelle, wo der Zaun der Ehrings nur eine halbe Armlänge entfernt war.

Zwischen dem Tod der Katze und dem Ende des Walnussbaumes lagen mehrere Jahre. Die Spannung lastete seither drückend auf ihnen, unterschwellig war sie immer spürbar. Es reichte bei allen nur der Blick auf sein eingewachsenes Haus, die schmutzige Fassade und den morschen Zaun. Alles war ungepflegt wie Ehring selbst, der mittlerweile einen dichten Bart im Gesicht trug. Seit er trank, wurde auch der Rest seines Erscheinungsbildes zunehmend unansehnlicher. Spät abends wankte er häufig, den Blick starr nach vorne gerichtet, die Straße entlang bis zum blauen Haus. Der Suff ließ ihn aggressiver werden. Der Bärbel Neumayer war er im Sommer an die Gurgel gegangen, weil sie ihn darauf hingewiesen hatte, dass er seine Biotonne nach dem Wässern und Reinigen direkt am Gulli ausleeren solle. Ehring hatte den faulig stinkenden Inhalt, den er mit drei Gießkannen Wasser gelöst hatte, mitten auf die nach vorne hin abfallende Straße gekippt. Der Gestank ließ die Schröders würgen, als sie den matschigen Resten später mit Besen und Wasserschlauch zu Leibe rückten. Die Druckstellen an ihrem Hals führte Bärbel Neumayer an diesem Abend allen vor. Seit langem hatten sie alle sechs mal wieder zusammengefunden, die Schröders, die Geislers und die Neumayers, die an diesem lauen Sommerabend als Gastgeber fungierten. Trotz der Hitze hatten es alle für ratsam erachtet, besser im Wohnzimmer bei geschlossenen Türen und Fenstern zu sitzen. Sie waren sich einig darin, dass es kaum Sinn machte, Ehring anzuzeigen. Einsperren würden sie ihn dafür ja doch nicht. Er würde weiterhin dort hinten im blauen Haus wohnen. Ihr Treffen blieb daher ergebnislos.

Über den Herbst und Winter wurde die Situation immer unerträglicher. Ehring pöbelte jeden an, den er in ihrer Straße antraf. Besonders peinlich war es, wenn es sich um Freunde handelte, die zu Besuch kamen. An den meisten Wochenenden begann er schon morgens ab sechs bei weit geöffneten Fenstern in voller Lautstärke den Wendehammer mit den munteren Klängen eines Schlagersenders zu beschallen. Zieht doch weg, wenn ihr mich nicht mehr aushalten könnt! Ich halte euch nicht auf! Das ist mein Haus, mein Garten, hier mache ich, was ich will! In den Garten der Schröders hatte er das hinüber gegrölt. Sie waren die eigentlich Leidtragenden, zumindest sahen sie sich als solche, da sie Ehring als unmittelbaren Nachbarn direkt neben sich hatten. Garten an Garten. Ehring hatte im Herbst damit angefangen, seinen Müll in großen blauen Säcken hinter dem Haus zu sammeln. Über die Terrasse, soweit sie als solche noch zu erkennen war, wuchs der blaue Berg am blauen Haus in den dahinter liegenden buschigen Garten hinein. Das Rascheln, Schmatzen und Quieken der Ratten, Igel und anderer hungriger Tiere und die kreuz und quer geschleppten Müllreste beunruhigten die Schröders zunehmend. Sie bekamen nachts nur noch die Augen zu, wenn sie mit kleinen weißen Pillen nachhalfen. Keine starke Dosis bisher, aber doch auch kein Dauerzustand. Die Pläne für einen geräumigen Wintergarten, den sie im kommenden Frühjahr anbauen wollten, legten sie nach Weihnachten vorerst auf Eis, als ihnen das zuständige Bürgeramt unmissverständlich mitteilte, dass es nicht gewillt war, in Nachbarschaftsstreitigkeiten aktiv zu werden. Der daraufhin zu Rate gezogene Anwalt machte ihnen keine Hoffnung auf eine endgültige Lösung des Problems, zumal sie Ehring ja kaum zwingen konnten, sein verrottetes Haus zu verkaufen und den Wendehammer zu verlassen.

Ich mache euch allen das Leben zur Hölle! Das hatte er gebrüllt, und sie hatten es ihm geglaubt. Zumal er dazu seit Anfang Januar den ganzen Tag ausreichend Zeit hatte. Die Pharmafirma, für die er im Außendienst über Jahre tätig war, hatte ihn rausgeschmissen. Für alle nachvollziehbar. Und mit fünfundfünfzig konnten sie sich gut ausrechnen, dass er ganz bestimmt keinen neuen Job bekam. Die Tatsache, dass Ehring jetzt den ganzen Tag zu Hause saß, machte allen Angst. Der trinkende Tyrann brachte sie wieder ein Stück enger zusammen.

Das glatte Blech stammte von Neumayers Dachsanierung im vergangenen Jahr. Es hatte eine spezielle Beschichtung, an der sich weder Moos noch Schmutz halten konnten. Neumayer hatte es aufgehoben, weil er schon damals eine Vorahnung hatte, dass es noch für mehr als den Müll taugte.

Jede Familie hatte ihren Anteil daran, wie es sich für eine ordentliche Nachbarschaft gehörte. Man konnte sich aufeinander verlassen, auch in Situationen, die einer ungewöhnlichen Lösung bedurften. Gerade in solchen Momenten zeigte sich doch, wie eingeschworen man war. Sie hatten es gemeinsam beschlossen und jeder von ihnen hatte bereitwillig eine kleine Aufgabe übernommen. Klaus Schröder hatte die Platte am Nachmittag bei Gerd Neumayer abgeholt und im Schutz der Dunkelheit am richtigen Ort platziert. Jetzt hatte er in der Kälte abzuwarten und die Platte später im Kofferraum von Ludwig

Geislers Geländewagen zu verstauen. Der stand absichtlich unverschlossen vor dem Haus. In ihrer Straße konnte man das gut machen. Hier wurden keine Autos gestohlen. Geisler war für die Entsorgung der Metallplatte zuständig. Früh am Montag kam der Schrotthändler in die Sanitätsfirma, die er als Geschäftsführer leitete.

Damit waren die Aufgaben verteilt an diesem Wochenende, das ihre Frauen für einen Städtetrip nach Paris nutzten. Die glatte Platte aus Stahl, die fünfzehn Stufen hinunter, eine frostige Nacht mit Temperaturen bis minus zehn Grad. Ehring kam samstags immer besoffen nach Hause. Heute auch. Sein Schnaufen war schon zu hören. Immer der gleiche Weg. Zwischen Haus und Carport hindurch. Kurz vor den Treppen hinunter hielt er immer inne. Er lauschte, ob es still war um ihn herum, dann tat er vorsichtig zwei, drei Schritte Richtung Schröders und wartete noch einmal einen Moment. Das Rascheln konnte man nur erahnen, wenn man so wie Schröder wusste, was danach kam. Plätschernd und von einem deutlichen Stoßseufzer begleitet, erleichterte sich Ehring in einem weiten Bogen. Dampfend war im Mondlicht zu erkennen, dass sein fester Strahl wieder seinen Weg durch den Maschendrahtzaun bis hinüber zu ihnen gefunden hatte. Er hätte das selbst nie entdeckt, wenn ihn nicht vor ein paar Jahren die gelben Spuren im Schnee auf diese Fährte gebracht hätten.

Ehring war jetzt fertig. Das Geräusch des Reißverschlusses an seiner Hose und die stapfenden Schritte aus dem Unterholz der Hecke verrieten, dass er weiterging. Der immer selbe Weg, wenn er voll nach Hause kam. Eine Eigenart, die er sich so angewöhnt hatte und die sie mittlerweile alle kannten. Tagsüber ging er die breiten und gut sichtbaren Stufen zur Haustür hinauf. Nachts und besoffen schlich er sich die steilen schmalen Treppen zum Kellereingang hinunter. Vielleicht wollte er schwankend nicht gesehen werden oder auf sein samstägliches

Ritual nicht verzichten: das Pissen auf den Lavendel seines Nachbarn.

Ein paar Schritte hatte der wankende Ehring jetzt noch vor sich. Dann musste er die glatte Metallplatte erreicht haben, die die obersten drei Stufen der steilen Treppe zum Kellereingang in eine passable Rutsche verwandelte. Die gab ihm den nötigen Schwung für seinen Sturz kopfüber in die Tiefe. Die Kälte heute Nacht erledigte den Rest.

Er hatte den anderen versprochen, noch eine gute Stunde weiter Wache zu halten. Der für den Morgen angekündigte Schnee würde für eine zarte Abdeckung des Ganzen sorgen. Sie hatten sich für später verabredet, tief in der Nacht. Zu dritt wollten sie noch auf ein Glas Rotwein zusammensitzen. Neumayer hatte per Zufall einen reifen Spätburgunder aus den frühen Achtzigern in seinem gut sortierten Weinkeller gefunden, den er am Nachmittag bereits dekantiert hatte. Mit ihm konnten sie still auf die Befreiung des Wendehammers in dieser Nacht anstoßen.

Carla wusste nicht, wie lange sie schon splitternackt im Sessel des fremden Hotelzimmers gesessen hatte. Ihr Mund war trocken – wie immer, wenn sie zu viel Rotwein getrunken hatte. Für wenige Sekunden war es ihr so vorgekommen, als habe Gottlieb vor ihr gestanden. Nur deshalb hatte sie das Zimmer überhaupt betreten. Ihre Erinnerung an das, was danach geschehen war, wies eine Menge Lücken auf. Die waren jedoch nicht groß genug, um gnädiges Vergessen über ihren Fehltritt zu decken. Sie würde sehen müssen, wie sie damit klar kam. Zunächst aber musste sie hier verschwinden.

Dank des Vollmonds und fehlender Gardinen konnte sie ihre Seidenunterwäsche erkennen, die fein säuberlich gefaltet auf dem Stuhl lag. Jeans und T-Shirt hingen ordentlich über der Lehne; die Feinstrümpfe steckten in einem ihrer Wildlederpumps. Alles sprach dafür, dass sie sich selbst ausgezogen hatte. So wie zu Hause, bevor sie das Nachthemd überstreifte und sich neben Gottlieb ins Bett legte. Vorsichtig stand Carla auf und begann damit, sich anzuziehen. Wie spät es wohl war? Der digitale Wecker, der auf dem Schreibtisch stand, zeigte 01:04 Uhr an. Carla tastete nach ihrer Armbanduhr, doch die fehlte. Suchend sah sie sich im Zimmer um und entdeckte das Erbstück, eine mechanische Uhr, zusammen mit ihrem Collier aus flaschengrünen Glasperlen auf dem Nachtschrank neben der rechten Betthälfte. Eben wollte sie danach greifen, als ein Wimmern, das vom Sofa her kam, sie herumfahren ließ.

Antoinette! Sie lag dort ausgestreckt und hatte offenbar einen Albtraum. „Mais qu'est-ce que vous m'en voulez?", murmelte sie. Was wollen Sie von mir?

„Nichts weiter, Schätzchen", flüsterte Carla und ließ den

Verschluss ihrer goldenen Armbanduhr einschnappen. „Ich will nur keine Spuren hinterlassen."

Sie ließ das Collier in ihre Hosentasche gleiten und hob zur Sicherheit noch einmal kurz das Kissen an. Nichts. Danach die Bettdecke. Ihr Strickzeug! Schnell nahm Carla es an sich. Die Maschen waren nicht heruntergerutscht. Das war gut. Die Nadeln fühlten sich klebrig an, fast so, als wären sie mit Honig in Berührung gekommen. Oder mit etwas anderem … Schnell schob Carla diesen Gedanken beiseite. Sie würde sich das Ganze später bei Tageslicht genauer ansehen. Vielleicht. Nur kein Durcheinander. Jetzt war nicht der richtige Zeitpunkt dafür. Wo war ihre Umhängetasche? Da, ans Stuhlbein gelehnt. Carla wühlte nach einem ihrer zahlreichen Stofftaschentücher von Gottlieb, die sie stets bei sich trug. Sie säuberte Stuhl, Tisch, Sessel und Nachtschrank von etwaigen Fingerabdrücken. Sie wollte gerade das Strickzeug in das Tuch einwickeln, als ihr auffiel, dass eine Nadel fehlte.

„Verdammt", knurrte Carla. Weitere Flüche blieben ihr jäh im Halse stecken, als sie das gesuchte Objekt aus der Brust desjenigen ragen sah, den sie erst jetzt zwischen den weißen Laken der linken Betthälfte entdeckte. Seine Augen waren weit aufgerissen und gespenstisch hell. Und sein Oberkörper wies mehrere kleine Einstiche auf. Dass eine unvollendete Socke seinem Leben ein Ende gesetzt hatte, entbehrte nicht einer gewissen Ironie, aber Carla war nicht nach Scherzen zumute. Kurzentschlossen drückte sie der schnarchenden Antoinette das Strickzeug in die Hand. Dann trat sie ans Bett. „Sorry, dear, but it has to be", sagte sie bedauernd und zog mit einem Ruck die fünfte Nadel aus dem Leichnam, um sie danach kurz in Antoinettes freier Hand zu deponieren – ebenfalls mit einem Ausdruck des Bedauerns: „Je suis désolée" – und diese zur Faust darum zu schließen, bevor sie sie mit Hilfe von Gottliebs Taschentuch wieder an sich nahm und an Ort und Stelle zurücksteckte. „Sorry …"

Bis dahin hatte sie wie ein Roboter funktioniert, nun spürte sie, wie Übelkeit in ihr aufstieg. Wenn sie sich nur jetzt nicht hier erbrach und alle Anstrengungen zunichte machte. Carla verließ rasch das Zimmer, besaß aber immerhin die Geistesgegenwart, die Klinke innen wie außen mit dem Taschentuch abzuwischen. Leise stieg sie die Stufen zum Erdgeschoss hinab und verglich ihre Armbanduhr mit der Digitalanzeige über der Rezeption, die zu dieser Zeit nicht besetzt war. Hatte sie doch Recht gehabt! Bevor sie hinaus in die sternenklare Nacht ging, warf sie noch schnell einen Blick in den Computer, denn wer immer zuletzt daran gearbeitet hatte, hatte auf den Logout verzichtet. Mit ein paar Mausklicks hatte sie sämtliche Uhren im Hotel um zwei Stunden zurückgedreht, so dass sie wieder richtig gingen.

Zu Hause sah sie kurz nach Gottlieb, drückte dem Schlafenden einen Kuss auf die Stirn und setzte sich an den Küchentisch. Licht machte sie nicht. Carla sah aus dem Küchenfenster, beobachtete die feinen Wolken, die am Mond vorüberzogen und versuchte zu begreifen, was passiert war.

„Good grief!", entfuhr es Carla, als sie das Schild an der Hotelrezeption entdeckte: „We speak english". Als pensionierte Englischlehrerin war sie versucht, nach einem Rotstift zu kramen und das kleine „e" in ein großes zu verwandeln. Weit und breit war niemand zu sehen, sie hätte es ohne Probleme tun können. Doch die schlanke, durchtrainierte Mittsechzigerin mit schulterlangen, kupferblonden Haaren war stets eine Reisende, die ihre Beobachtungen festhielt, statt aktiv ins Geschehen einzugreifen. Sie zog eine zerfledderte Chinakladde aus ihrer riesigen Umhängetasche und notierte mit Bleistift: *Ankunft im Hotel in Bingen um 17 Uhr 23. Scheine die Erste zu sein. Kein Personal zu sehen – kann also nicht überprüfen, ob ihr gesprochenes „english" ähnlich ist wie ihr geschriebenes.*

Ein hochgewachsener, weißhaariger Mann, aus dessen Jackett-tasche ein ultraflaches Handy ragte, und sein deutlich kleinerer, rundlicher Begleiter betraten die Hotelhalle. Sie hatten leichtes Gepäck dabei und unterhielten sich angeregt auf Englisch. Carla nahm an, dass auch sie auf Einladung des Verlages zum Schulbuchautorentreffen „Deutsch als Fremdsprache" nach Rheinhessen gekommen waren. Hastig steckte sie ihre Kladde weg. Sie wollte auf keinen Fall wie eine Landpomeranze wirken, die ihre Manuskripte auf der Reiseschreibmaschine tippte.

„Good evening", sagte der Kleine und deutete Carla gegenüber eine Verbeugung an. „My name is Michael Caine."

„Sehr erfreut", sagte Carla. „Und ich bin Raquel Welsh."

Michael Caine grinste, während der Weißhaarige sie kritisch aus stahlblauen Augen musterte. Er war ganz offensichtlich not amused.

„Sein Name ist wirklich so", erklärte er streng in nahezu akzentfreiem Deutsch.

„Oh, really?", gab Carla zurück. Was bildete der Kerl sich eigentlich ein? „And my name really is Raquel Welsh. So where's the problem?"

„Das glaube ich nicht", sagte Mister Eisblick ungerührt.

„Und warum, bitteschön, glauben Sie das nicht?", fragte Carla gereizt.

„Nun, erstens ist das ein viel zu hässlicher Name für eine so schöne Frau", begann er.

Carla stutzte. Was sollte das denn jetzt werden? „Zweitens kann Raquel Welsh nicht schauspielern, aber Sie schon. Drittens heißt niemand so, der stricken kann …"

Carla konnte nicht verhindern, dass sie puterrot anlief, denn sie bemerkte, dass das Nadelspiel mit der angefangenen Socke aus ihrer Tasche hervorlugte. „Und viertens habe ich die Teilnehmerliste mit Farbfotos zugemailt bekommen", ergänzte er, zückte sein Handy, hielt es Carla entgegen, sodass sie ihr eigenes Konterfei auf dem Display betrachten konnte, und brach in schallendes Gelächter aus.

„I'm Roger Moore – and no, I'm not kidding", fügte er gutgelaunt mit elektrisierend britischem Akzent hinzu und küsste Carla auf beide Wangen. Sie konnte förmlich spüren, wie ihre Nackenhaare sich aufstellten. Er hielt sich für unwiderstehlich. Er war unwiderstehlich. Und er machte Carla Angst.

„Wusstet ihr, dass Stricken eine Handarbeit mit einer jahrtausendealten Tradition ist?", warf Michael Caine ein. „Schon bei den alten Römern trugen die Legionäre gestrickte Strümpfe. Einige der Antiquitäten sind sogar noch im Original vorhanden. Glaube ich jedenfalls ... Ich gehe dem mal nach. Wann treffen wir uns zum Abendessen?"

„Viertel nach sechs", sagte Carla.

„Dann lasst uns keine Zeit verlieren!"

Energisch schlug Michael auf die Glocke an der Rezeption, bis ein blasser Jüngling auftauchte, der umständlich ihre Namen mit denen auf der Teilnehmerliste verglich, bevor er den beiden Männern ihre Schlüssel aushändigte.

„Wie praktisch – unsere Zimmer sind gleich nebeneinander", rief Michael erfreut und hielt seinen Anhänger mit der Nummer 23 in die Höhe. „Kommst du, Roger?"

Roger warf Carla einen langen Blick zu, bevor er seinem Kollegen folgte.

Michael, der Deutsch und Latein an der renommierten Boston Latin unterrichtete, hatte in der kurzen Zeit Erstaunliches herausgefunden und kam vor lauter Reden fast nicht zum Essen. „Höchstwahrscheinlich ist die Strickkunst über mehrere Jahrhunderte in Vergessenheit geraten, bis im 13. Jahrhundert Papst Clemens V. mit gestrickten Handschuhen gesichtet wurde. Vor allem beim Adel galten selbstgestrickte Socken als ein sehr repräsentables Geschenk."

„Ich höre dauernd ‚stricken‘“, murrte Roger und griff nach dem letzten noch vollen der drei Bierkrüge, die er sich auf Vorrat bestellt hatte. Der Verlag hatte in seinem Einladungsschreiben darauf hingewiesen, dass nur noch die Kosten für Getränke, die zu den Mahlzeiten ausgeschenkt wurden, übernommen werden konnten.

„Die erste Sockenstrickmaschine wurde Ende des 16. Jahrhunderts von einem Briten erfunden“, fuhr Michael ungerührt fort. „William Lee wollte seine Frau entlasten und entwickelte diese Maschine, mit der man sechsmal schneller war.“

„Aha, sehr interessant“, sagte Roger gelangweilt und nahm einen tiefen Schluck aus seinem Glas. Damit wäre das Thema beendet gewesen, hätte nicht Antoinette, eine junge Französin, darauf hingewiesen, dass William Lee ein Prediger aus Cambridge war, der so wenig Geld verdiente, dass seine Frau gezwungen war zu stricken und damit etwas dazuzuverdienen. Er habe seiner Frau also nicht die Arbeit erleichtern wollen, sondern nur seinen Teil dazu beigetragen, dass die beiden nicht verhungerten.

„Wenn Sie schon unbedingt einen Quotenmann brauchen, den Sie fürs Stricken loben können, dann nehmen Sie lieber Friedrich den Großen. Der hat gerne die Nadeln geschwungen und stand dazu.“

„Natürlich …“, erwiderte Michael zerknirscht.

Roger wurde plötzlich munter. Er musterte Antoinette vom schwarzgefärbten Scheitel bis zu den Füßen, die in rustikalen selbstgestrickten Socken und Clogs steckten. Carla, die ihn sehr genau beobachtete, ging davon aus, dass er innerlich bereits zum Vernichtungsschlag ausholte. Ihre Erfahrung mit Zusammenkünften dieser Art war, dass Briten für gewöhnlich weit weniger Alkohol brauchten, als Roger ihn intus hatte, um auf Franzosen loszugehen.

„Verzeihung, ich möchte nur sichergehen, dass ich mich nicht täusche … Darf ich Ihnen eine Frage stellen?"

„Nur zu!"

Kampflustig sah Antoinette ihn an.

„Sie verfügen ganz offensichtlich über ein für Franzosen doch recht erstaunliches Maß an Bildung, oder?"

Antoinette kniff die Augen zusammen.

„Ich meine … Entschuldigung, wenn ich mich nicht ganz so geschickt ausdrücke … Meine Deutsch, Sie wissen?", fügte Roger schnell hinzu.

„Das ist so bisschen wie mit griechische Mythologie, man weiß darüber nichts … Bis auf den Kram – sagt man so? -, den sowieso jeder weiß, natürlich."

Die Gesichtszüge der Französin entspannten sich ein wenig. Carla nahm an, dass seine Ohrfeige sie gleich völlig unvorbereitet treffen würde.

„Sehen Sie sich eher als Klotho oder als Lachesis?"

Rogers Tonfall klang munter und ehrlich interessiert. Carla biss sich auf die Lippe, um nicht laut loszulachen.

„Wenn ich das nur sagen könnte …", begann Antoinette geheimnisvoll und entschwand rasch in Richtung Salatbuffet. Sie nahm einen Teller in die Hand, stellte ihn dann aber doch wieder zurück und setzte sich an einen freien Tisch, der nicht eingedeckt war. Sie griff sich eine der hellroten Servietten aus einem Holzständer, die sie sogleich hoch konzentriert zu einer Papierblume zu verarbeiten begann.

Roger zwinkerte Carla zu. „Wetten, dass sie keine Ahnung hat, um wen es sich handelt?", fragte er leise.

Carla konnte sich des Eindrucks nicht erwehren, dass das auch für sie eine Prüfung sein sollte. „Sie haben Atropos vergessen", sagte sie leichthin. „War das Absicht?"

Rogers Miene hellte sich auf. „I think we understand each other quite well", murmelte er.

Carla zuckte mit den Achseln. Sie war sich nicht sicher, ob sie sich wirklich so gut verstanden, denn sie hatte keinen blassen Schimmer, weshalb er nur zwei der drei Schicksalsgöttinnen genannt hatte.

Nach dem Abendessen gingen die Tagungsteilnehmer im Restaurant zum gemütlichen Teil über, indem sie zunächst das für die Mahlzeiten vorgesehene Bier, dann die Weinflaschen austranken. Laut Vereinbarung mit der Verlagsleitung hätte das Restaurant um 21 Uhr geschlossen werden sollen, so dass anschließend an der Bar oder in der nächstgelegenen Kneipe nur noch auf eigene Rechnung weiter getrunken werden konnte. Doch es herrschte eine stillschweigende Übereinkunft zwischen dem Hotelpersonal und der Gruppe, dass niemand eine Uhr bei sich trug, so dass leider auch keiner mitbekam, wenn der Zeitpunkt längst überschritten war. Carla, die zum ersten Mal in Bingen dabei war, kannte diese Gepflogenheiten nicht und schob schnell ihren Ärmel über ihre Armbanduhr, als Klaus, ein Englischlehrer aus Nordrhein-Westfalen, mit dem sie schon öfter zusammengearbeitet hatte, sie darauf hinwies.

„Und du übernachtest nicht im Hotel?", fragte Klaus.

Carla schüttelte den Kopf. „Ich habe es nicht weit. Ich kann zu Fuß gehen", erklärte sie.

„Aber der Verlag hätte trotzdem die Übernachtung gezahlt", gab Klaus zu bedenken.

Carla zuckte mit den Schultern. „Wofür sollte das gut sein?", fragte sie, obwohl sie genau wusste, was gleich kommen würde.

„Ach, es ist auch mal ganz schön, wenn man drei Tage einfach so für sich hat, sich um nichts kümmern muss, sich mit anderen Autoren austauschen kann", begann Klaus.

Carla hörte kaum hin. Wenn es eines gab, das sie langweilte, waren das die Arien darüber, wie toll es sei, sich mal ganz entspannt dem Frühstück widmen zu können, ohne sich von nervigen Ehepartnern oder Kindern zutexten lassen zu müssen. Diese Ansicht taten die relaxten Kollegen dann vorzugsweise beim Frühstück im Hotel kund, gefolgt von einer minutiösen Auflistung dessen, was sie für gewöhnlich morgens zu sich nahmen, um wieviel Uhr bei ihnen zu Mittag gegessen wurde und was es eben sonst noch so zu berichten gab.

Carla tat interessiert und brummte hin und wieder zustimmend, doch war ihre Aufmerksamkeit auf Roger gerichtet, der ihr einen fragenden Blick zuwarf und mit Zeige- und Mittelfinger beider Hände jeweils ein V formte. Besonders siegesgewiss wirkte er nicht, vor allem, als eine deutlich angeschickerte Antoinette sich bei ihm einhakte und ihn in Richtung Fahrstuhl bugsierte.

„Zeus wird wieder die Nacht verlängern müssen, um allen Bewunderinnen gerecht zu werden", sagte Klaus schmunzelnd. „Manchmal frage ich mich, was der hat, das ich nicht habe. Frauen jeden Alters scheinen auf ihn zu stehen."

„Zum Glück gibt es auch noch vernünftige Frauen", ertönte plötzlich Michaels Stimme. Freundschaftlich schlug er Carla auf die Schulter.

„Noch Wein, Kollegin?", fragte er. Die Burgunderflasche schwebte über ihrem Glas.

„Warum nicht? Aber bitte nicht mehr so viel. Ich mache mich gleich auf den Weg."

„Schon?", fragte Klaus bedauernd.

Carla sah, wie die Fahrstuhltür sich hinter Roger und Antoinette schloss. Am liebsten wäre sie hinterhergelaufen. Was war eigentlich los mit ihr?

„Es ist ganz schön spät", sagte Michael. „Es geht schon auf Mitternacht zu. Hätte ich gar nicht gedacht."

„Pst!", machte Klaus tadelnd. „Du hast doch nicht etwa eine Uhr dabei, oder?"

„Moi?"

Mit perfekter Unschuldsmiene schenkte Michael Carla nach – jetzt schon zum dritten Mal innerhalb der letzten Minuten. Sie hatte, ohne es zu merken, die Gläser so hastig hinunter gestürzt, dass sich alles um sie herum zu drehen begann.

„Ich bin zufällig an der Rezeption vorbeigekommen, und da habe ich es gesehen", erklärte Michael. Carla unterdrückte den Impuls, ihren Ärmel zurückzuschieben.

„Muss los", sagte sie knapp, stand auf und ging – wie sie hoffte, ohne zu schwanken – direkt auf die Rezeption zu.

Sie stellte sich so hin, dass sie vom Restaurant aus nicht zu sehen war. Dann warf sie einen Blick auf ihre Armbanduhr. Ein Lächeln huschte über ihr Gesicht. Hatte sie doch gewusst, dass sie sich hierauf verlassen konnte. Sie hatte Gottlieb versprochen, dass sie nicht allzu lange wegbleiben würde. Aber noch hatte sie ein wenig Zeit. Wie hatte das Zeichen, das Roger ihr gegeben hatte, nochmal ausgesehen? Zeige- und Mittelfinger, beide Hände … Natürlich! Seine Zimmernummer. Sie stieg in den Fahrstuhl und fuhr in den zweiten Stock.

Er reagierte sofort auf ihr Klopfen, fast so, als habe er hinter der Tür gestanden und nur auf sie gewartet. Bereitwillig ließ sie sich ins Zimmer ziehen, ließ sich von ihm küssen, ließ zu, dass er sie an der schnarchenden Antoinette vorbei in Richtung Bett schob. Mit einer Geste bedeutete er ihr, dass er noch mal kurz im Bad verschwinden müsse. Sie zog sich aus, legte ihre Sachen ordentlich auf dem Stuhl ab, löste vorsichtig den Verschluss ihrer Uhr und deponierte sie zusammen mit ihrer Kette auf dem Nachtschrank. Sie ließ sich ins Bett fallen und spürte, wie Aufregung in ihr aufstieg. Wie lange war das jetzt her? Fünf Jahre? Zehn? Sie hatte eine Ewigkeit darauf gewartet. Er legte sich neben sie. Sein Atem roch nach Bier. Sollten sie diesen Moment nicht ganz bewusst erleben, nüchtern? Nach so langer Zeit? Ach, zum Teufel …

„Gottlieb, ich glaube, ich bin betrunken", sagte sie kichernd.

„Who is Gottlieb?"

„Sei mir nicht böse. Es ist fast nichts passiert."

Carla saß im Nachthemd an Gottliebs Bett und strickte, nur das Mondlicht im Rücken. Hin und wieder blitzte der Silberfaden, der in die dunkelblaue Wolle eingearbeitet war, auf. Die hölzernen Schaschlikspieße funktionierten besser als gedacht als Ersatz für ihr Nadelspiel. Auch wenn die Maschen bei diesem Material natürlich nicht so flüssig von einer Nadel auf die andere glitten. Gottliebs Augen waren weit geöffnet.

Carla glaubte nach wie vor, dass ihr Mann aus dem Koma erwachen und ins Leben zurückkehren würde. Ihre Freunde hatten diese Hoffnung nur in den ersten Monaten nach seinem Herzinfarkt geteilt und sich nach und nach zurückgezogen. Er sei „austherapiert", hatte der Klinikchef gesagt und dabei Gottliebs Wange leicht getätschelt. Dann hatte er wissen wollen, ob Carla sich bereits um einen Heimplatz bemüht hätte.

Seither waren Jahre vergangen. Bevor Carla den Dienst quittiert hatte, war ihnen zu Hause eine Krankenschwester aus Sri Lanka zur Hand gegangen und hatte Gottlieb vormittags Gesellschaft geleistet. Inzwischen kümmerte sie sich Tag und Nacht selbst um ihren Mann. Sie saß Stunden um Stunden an seinem Bett, las ihm vor oder strickte Socken. Kein Gedanke, kein Gefühl, kein noch so kleines Erlebnis, das sie nicht mit ihm geteilt hätte. Sie erzählte ihm einfach alles – und war sich nicht immer sicher, ob es das war, was er brauchte. Doch es war das Einzige, das ihr über ihre Verzweiflung hinweg half, also behielt sie es bei.

„Weißt du, eigentlich wollte ich ihm nur unter die Nase reiben, dass er gar nicht so schlau ist wie er denkt. Von wegen Zeus und Nacht verlängern ... Vorgestellt hat der Trottel die

Uhr, nicht zurück … Und dann … Dann war ich plötzlich im falschen Film. Ich habe gedacht, ich wäre bei dir und …"

Carla stockte. Weitere Details wollte sie Gottlieb dann doch nicht zumuten. Zum allerersten Mal hatte sie Hemmungen. Nicht, dass sie mit einem anderen Mann im Bett gelandet war, machte ihr zu schaffen. Allein die Vorstellung, dass ihre Gedanken in Zukunft nicht mehr exklusiv um Gottlieb kreisen würden, dass auch sie irgendwann in ihm nur noch einen lebenden Toten sehen würde und es ein erfüllteres Leben jenseits der Ehebettkante gab, war unerträglich. Sie hatte ein Zeichen setzen müssen. Sie hatte sich vor einer Wiederholung schützen müssen.

Sie war mit der Socke fertig und griff zur Schere, um den Faden abzuschneiden, doch ihr war, als hielte eine unsichtbare Hand sie zurück. „Wie symbolisch", knurrte sie. „Was meinst du, sollte ich mich stellen? Allein schon wegen Antoinette …?"

Nein, hörte sie Gottlieb sagen, lass mich noch eine kleine Weile bei dir bleiben. Schneid meinen Lebensfaden nicht ab. Du kannst jetzt sowieso nichts mehr ändern. Komm schlafen, du musst müde sein.

Carla legte ihr Strickzeug beiseite, drückte ihrem Mann einen Kuss auf die Stirn und legte sich neben ihn. „Wenn ich dich nicht hätte …", flüsterte sie und fragte sich, wie Atropos ohne einen Mann wie Gottlieb an ihrer Seite ausgekommen sein konnte.

Mitternacht
Christian Pfarr

Es war eine seltsame Gesellschaft, die sich Schlag Mitternacht am Drususstein auf der alten Mainzer Zitadelle einfand. Männer in der malerischen Söldnertracht des Dreißigjährigen Krieges oder im bunten Lumpengewand der Landfahrer, aber allesamt mit altertümlichen Säbeln und Pistolen behängt. Frauen nach der Mode längst vergangener Zeiten, wenngleich nachlässig bis heruntergekommen gekleidet und frisiert.

Das Merkwürdigste an diesem Zusammentreffen am Fuße des uralten Römer-Denkmals war aber der Umstand, dass es sich bei den dort Versammelten durchweg um Geister handelte – das konnte man im Schein des Vollmonds deutlich erkennen.

„Ich heiße euch willkommen, meine Gesellen", ergriff ein Mann das Wort, den Schaftstiefel und Mütze als Rheinfischer kennzeichneten. „Ich hoffe, dass euch meine Wahl für den Ort unseres Treffens zusagt, und bitte nun unseren Hauptmann Frowin von Hagenau, das Jahrestreffen zu eröffnen."

Der Angesprochene, ein verwegen dreinblickender bärtiger Mann im fortgeschrittenen Alter, bekleidet mit einem Lederkoller, zweifarbigen Pluderhosen und einem breitkrempigen Hut mit Federbusch, richtete zunächst das Wort an seinen Vorredner.

„Ich danke dir, Nicklas Vilsbacher, dass du dich bereit erklärt hast, unser diesjähriges Jahrestreffen in Mainz zu organisieren, und ich darf sagen, dass du einen guten Platz gewählt hast. Was man" – hier warf er einen strengen Blick in die Runde – „nicht von jedem Jahr und jedem Versammlungsort behaupten kann."

Ein Teil der Anwesenden richtete bei diesem Verweis die Augen verlegen oder gar ängstlich zu Boden.

„Aber wer weiß?", fuhr der Hauptmann etwas versöhnlicher

fort. „Vielleicht ist das heutige Zusammentreffen ja unser letztes – und ich glaube, nach über dreihundertfünfzig Jahren wäre es dafür endlich, endlich an der Zeit!"

Ein allgemeines Seufzen ließ erahnen, dass Frowin von Hagenau die Meinung der übrigen Anwesenden auf den Punkt gebracht hatte.

„Bevor wir in die Beratung gehen", beschwichtigte der Hauptmann die Runde, „müssen wir allerdings dem Protokoll Genüge tun und uns zunächst einmal unserer selbst versichern. Seid ihr bereit?"

Die Runde der Versammelten nickte stumm.

„So frage ich euch: Bin ich Frowin von Hagenau, ehemals Obrist der kaiserlichen Truppen und später Hauptmann der gefürchtetsten Räuberbande, die in der Zeit des großen Krieges die Lande unter dem Rheinknie in Angst und Schrecken versetzt hat?"

Ein beifälliges Murmeln beantwortete des Hauptmanns Frage.

„So denn weiter", fuhr dieser fort. „Ich rufe die Gesellen aus alten Tagen bei Namen: Nicklas Vilsbacher, bist du da?"

Dass der solchermaßen Aufgerufene anwesend war, stand für den Hauptmann schon allein wegen der kurz zuvor erfolgten Begrüßung außer jedem Zweifel, aber das Protokoll schrieb den Tagungsablauf nun einmal so vor.

„Nicklas Vilsbacher – hier!", rief Nicklas Vilsbacher.

Frowin von Hagenau fuhr fort: „Anna von Treuleben, bist du da?"

Eine Frau erhob sich und nahm eine würdevolle Haltung an. Die scharlachrote Schärpe, die sie über der Schulter trug, stand in auffallendem Gegensatz zum strengen Schwarz, das ihre übrige Kleidung bestimmte.

„Hier bin ich!", sagte die Angesprochene in hoheitsvollem Ton und nahm wieder Platz.

„Jost Jürgens, bist du da?"

Der Hauptmann rief reihum jeden aus seiner Bande beim Namen und forderte die Anwesenheitsmeldung. Es stellte sich heraus, dass alle Geladenen vor Ort waren, mit Ausnahme der Schweden-Katrin, die sich wie gewöhnlich verspätete und erst am Ende der Vorstellungsrunde eintraf.

„Mainz – Zitadelle – Drususstein!", blaffte sie ein wenig außer Atem. „Ich bin nun mal nicht von hier. Schickt das nächste Mal gefälligst eine Anreisebeschreibung mit!"

„Falls es ein nächstes Mal gibt", gab Anna von Treuleben zu bedenken. „Der Hauptmann hat nämlich angedeutet, dass unser aller – Erlösung bevorstehen könnte."

„Erlösung!", gluckste die Rote Grete.

„Auf dieses Wort kann nur Anna kommen", kicherte die Braune Agnes.

„Sie kann ihre Vergangenheit als Nonne auch nach vierhundert Jahren nicht verleugnen", pflichtete die Gelbe Els bei.

Die Drei waren bei den anderen unter dem Namen „die Schwarzen Schwestern" bekannt, was sich aber augenscheinlich nicht auf die Haarfarbe bezog.

„Ruhe jetzt!", beendete Frowin von Hagenau die Unterhaltung. „Ihr kennt die Bedingungen – und wir haben nicht viel Zeit. Schlag Eins schließt sich das Zeitfenster, und dann dürfen wir ein weiteres Jahr für die Ewigkeit üben – wollt ihr das?"

Die Runde stöhnte gequält auf.

„Na also", meinte der Hauptmann. „Dann zur Sache. Für diejenigen, die es nicht oder nicht mehr wissen, noch einmal die Zusammenfassung."

Natürlich gab es keinen und keine in der Gruppe, denen nicht jedes Detail der Ausführungen des Hauptmanns bis in die letzte Formulierung hinein bekannt gewesen wäre – das ergab sich allein schon durch das über Jahrhunderte eingeübte Ritual. Aber Protokoll ist Protokoll.

„Wir sind", hob Frowin von Hagenau mit pathetischer Stimme an, „wir sind hier wie in jedem Jahr zusammengekommen, um das Andenken an unser zuweilen ehrenhaftes, oft jedoch auch frevelhaftes Tun hochzuhalten und womöglich dahingehend zu sühnen, dass unseren Seelen nach all den Jahren und Jahrhunderten Friede und Erlösung zuteil werde, auf dass wir nicht bis in alle Ewigkeit als Untote durch die Ruinen Rheinhessens spuken müssen."

„Rheinhessen?", warf einer aus der Runde ein, der sich mit seiner ausgefransten Narrenkappe, den schellenbesetzten Schnabelschuhen und der Laute über der Schulter als Gaukler zu erkennen gab.

„Du kommst von auswärts, Tönges Prym", meinte der Hauptmann unwirsch. „Deshalb kannst du vielleicht nicht wissen, dass der Landstrich, in dem wir uns seinerzeit Bewunderer, aber, Gott sei's geklagt, auch Feinde geschaffen haben, heute Rheinhessen genannt wird. Doch zum Thema: gibt es in diesem Jahr einen Freiwilligen?"

Betretene Stille. Keiner, der es wagte, einem anderen in die Augen zu schauen. Auch der Hauptmann machte keine Ausnahme.

„So frage ich noch einmal", krächzte er mit heiserer Stimme. „Kein Freiwilliger?"

„Doch, ich", meldete sich eine Stimme aus der Runde zu Wort. „Ich mach's!"

Alle fuhren erschrocken zusammen. Frowin von Hagenau war wie vom Donner gerührt und rang erst einmal um Fassung.

„Arkadius Goldenluft!", stieß er schließlich hervor. „Du? Nach all den Jahren?"

Der Angesprochene stand auf, trat einen Schritt vor und nickte.

„Du weißt, worauf du dich einlässt?", fuhr der Hauptmann mit ernster Stimme fort.

„Durchaus", antwortete Goldenluft gelassen. „Aber ich weiß auch, dass es das Protokoll trotzdem vorschreibt, dass alles noch einmal Punkt für Punkt durchgekaut wird."

Aus der Runde war nicht das kleinste Geräusch zu vernehmen. Alle hielten gespannt den Atem an.

„Richtig", sagte Frowin von Hagenau. „Und da wir keine Zeit zu verlieren haben, bitte ich um Aufmerksamkeit."

Die Geisterversammlung schloss den Kreis um den Hauptmann unwillkürlich enger.

„Als unsere Bande vor vielen, vielen Jahren nach zahlreichen Heldentaten, darunter freilich auch manchen Untaten, von der Obrigkeit gefasst und zum Tode verurteilt wurde, trat bei unserer Hinrichtung eine geheimnisvolle Frau aus der Menge der Zuschauer, die uns mit hasserfüllter Stimme einen abscheulichen Fluch zurief. Sie sei die Tochter eines edlen Mannes, den wir in räuberischer Absicht vom Leben zum Tode gebracht und dadurch seine hinterbliebene Familie ins Unglück gestürzt hätten. Wir sollten nach unserer Hinrichtung keine Ruhe im Tode finden, sondern als Geister im Zwischenreich verharren, bis sich einer von uns dazu bereit erklärte, die Geschichte unserer Bande aufzuzeichnen und als Generalbeichte zu veröffentlichen. Danach erst würden unsere Seelen Ruhe finden können – mit Ausnahme des Geistes, der die verdienstvolle, aber undankbare Aufgabe auf sich nähme, die Chronik zu erstellen. Er oder sie bliebe nämlich weiterhin ein ruheloser Geist, obgleich dann auch seine Sünden aus der Vergangenheit gesühnt und getilgt seien."

Bei diesen Worten des Hauptmanns machte sich unter den Versammelten eine gewisse Unruhe breit. Aus dem Gemurmel erhob eine zierliche Frau namens Bärbchen Pelzer ihre ängstliche Stimme:

„Willst du uns wirklich verlassen, Arkadius?", fragte sie kläglich.

„Lass ihn doch!", herrschte sie Jost Jürgens an. „Wenn er's nicht macht, wer sonst – du etwa?"

Bärbchen verstummte gekränkt, musste sich aber eingestehen, dass Jost Jürgens Recht hatte. Überdies verspürte sie wenig Lust, als auf ewig Verfluchte durch Rheinhessen zu geistern.

Frowin von Hagenau ahnte, dass in dieser Nacht etwas Außergewöhnliches in der Luft lag, und die Anspannung stand ihm in die geisterhaften, vom Mondlicht gebleichten Gesichtszüge geschrieben. Trotzdem wollte er seiner Verantwortung als Hauptmann gerecht werden und Arkadius Goldenluft noch einmal auf die schwerwiegenden Konsequenzen seines Vorhabens hinweisen.

„Du weißt, was deine Entscheidung für uns alle, insbesondere aber für dich selbst bedeutet, sobald noch eine gute halbe Stunde verstrichen ist?", wandte er sich mit bebender Stimme an den Gefährten.

„Wo wohnst du, Frowin von Hagenau?", fragte dieser mit einem feinen Lächeln zurück.

„Auf der Burgruine in Stadecken", antwortete der Hauptmann verdutzt. „So wie es sich für den Geist eines adeligen Offiziers schickt."

„Und du, Johannes Stellmacher?", wandte sich Goldenluft an einen Mann in einem blau-weiß-gestreiften Kittel.

„Da ich seinerzeit in diesem Landstrich Weinbau betrieben habe, wohne ich jetzt in einem dieser neumodischen Weinbergshäuschen – einem sogenannten Trullo", brummte der Angesprochene. „Gezwungenermaßen und nicht gern, falls du mich fragst. Denn zu unseren Lebzeiten gab es dergleichen ja noch gar nicht."

„Und du, Anna – irgendeine abgelegene Kapelle oder Klosterruine, die deinen Geist gnädig aufgenommen hat?", spöttelte Goldenluft in Richtung Anna von Treuleben.

„Ein altes Feldkreuz am Rande des Gonsenheimer Waldes", gab die Gefragte indigniert zurück.

Arkadius Goldenluft nickte versonnen und verstärkte das Lächeln um seine Lippen.

„Seht ihr, ich glaube, das unterscheidet uns", meinte er schließlich. „Eure Geister irren ruhelos durch die Zeiten und suchen einen Platz, der ihnen irgendwie vertraut erscheint. Ich jedoch habe mitten in Mainz eine Bleibe unter Palmen gefunden. Ich wohne in einer großen tönernen Amphore auf einer Verkehrsinsel in der Rheinstraße – in Sichtweite von Rathaus, Rheingoldhalle und Hilton-Hotel, außerdem mit Blick auf den Strom. Ich denke gar nicht daran, von dort wegzuziehen."

„Hört, hört!", erschallte es aus der Runde. „Arkadius hat sich mit dem ewigen Fluch abgefunden!"

„Quatsch!", meinte dieser. „Erstens habe ich es zu Fuß nur eine Minute zur Karmeliterkirche, wo ich nachts im Allgemeinen ungestört um mein Seelenheil beten kann. Und zweitens besagt der Spruch der Frau doch, dass der Fluch auch von mir genommen wird, selbst wenn ich als Geist weiterlebe – dann freilich als guter Geist."

Der Hauptmann, der die Zeit im Blick hatte, mahnte zur Eile: „Wenn Arkadius als guter Geist von Mainz weiterleben will, ist das seine Sache", beschied er lapidar. „Ich jedenfalls will meine ewige Ruhe und schlage deshalb vor, dass wir endlich zu Potte kommen."

„Gern", sagte Arkadius Goldenluft. „Mein Plan sieht so aus: Jeder von euch erzählt mir kurz, wie und weshalb er Mitglied unserer Räuberbande geworden ist – nach bestem Wissen und Gewissen, versteht sich, denn dass einem die Erinnerung nach mehr als drei Jahrhunderten den einen oder anderen Streich spielen mag, liegt auf der Hand und ist wohl eine lässliche Sünde. Diese Freiheit nehme ich auch für mich selbst in Anspruch, wenn ich die Geschichte unserer Bande ausarbeite und niederschreibe – so, wie ich sie erlebt habe und so gut ich mich erinnern kann. Einverstanden?"

Den Versammelten blieb nicht viel anderes übrig als zuzustimmen. Lediglich die Rote Grete fragte nach, in welcher Form die Chronik wohl veröffentlicht werden würde.

„Hat schon mal jemand von der Meisterin gehört?", fragte Goldenluft in die Runde. „Ich jedenfalls kenne sie – ich kenne überhaupt viele. Da unten am Rheinufer ist jahrein, jahraus einiges los, und gar mancher und manche hat schon bei mir in der Amphore übernachtet – freiwillig oder unfreiwillig. Ich sage nur: Spielbank!"

„Die Meisterin?", setzte die Rote Grete hartnäckig nach. „Kenn ich nicht."

„Nun, den Namen habe ich mir ausgedacht", antwortete Goldenluft nachsichtig. „Sie ist eine Nachfahrin jener Frau, die uns einst verflucht hat, und herrscht über einen Verlag für regionale Schriften. Und wenn uns die Urahnin der Meisterin schon den ganzen Schlamassel eingebrockt hat, ist es doch nur recht und billig, wenn sie jetzt unsere Geschichten in die Welt trägt, nicht wahr?"

Frowin von Hagenau hatte das Gespräch mit zunehmender Nervosität verfolgt.

„Die Turmuhr hat bereits zweimal geschlagen", flehte er. „Nur noch eine halbe Stunde!"

„Gut", sagte Arkadius Goldenluft. „Dann mache ich selber den Anfang: Der Grund, weshalb ich mich unserer Bande angeschlossen habe, war reine Abenteuerlust – man könnte auch sagen: Hirnlosigkeit. Ich hatte hier in Mainz als kurfürstlicher Schreiber ein gutes Auskommen, und als die Schweden unter Gustav Adolf in die Stadt einrückten, beließen sie mich in meinem Amt. Ich gefiel mir allerdings in der Rolle des Opfers, wollte den Desperado, den Outlaw spielen – hat dann ja auch prima geklappt!"

Trotz des ernsten Anlasses ließ sich aus der Runde erheitertes Glucksen vernehmen. Der Hauptmann merkte, dass er sich als Nächster äußern musste.

„Ich habe mich im Verlauf des Krieges vom einfachen Soldaten bis zum Obristen hochgedient und für die kaiserliche Armee unter Wallenstein und Tilly in vielen Schlachten gefochten. Allmählich kam mir aber die Einsicht in den Sinn dieses Krieges abhanden, so dass ich mich entschloss, mich selbständig zu machen und eine Räuberbande zu gründen. Mein persönliches Verhalten nach diesem Schritt unterschied sich dann allerdings nicht grundlegend von meiner Tätigkeit als Soldat."

Diesmal mochte sich die Runde nur zu einem bitteren Lachen aufraffen. Der Hauptmann drängte zur Eile:

„Los, weiter! Wer will als Nächstes?"

Der Winzer Johannes Stellmacher hob die Hand:

„Bei mir war es die nackte Not", sagte er trotzig. „Eine marodierende Soldateska hat mir erst meinen Weinkeller geplündert und dann zum Dank meine mühsam gehegten und gepflegten Weinstöcke ausgehauen – einzig und allein aus dem Grund, damit andere Truppen nichts vom Ertrag meiner Arbeit abbekommen sollten. Ich bin dir heute noch dankbar, Hauptmann, dass du mich damals unter deine Leute aufgenommen hast."

„Ich kann deine Aussage leider nur bestätigen", wandte sich Nicklas Vilsbacher für alle hörbar an Johannes Stellmacher. „Denn ich war Teil der Söldnertruppe, die deine Weinfässer geraubt, deinen Weinberg zerstört und dich um deine Existenzgrundlage gebracht hat. Ich selbst war hier in Mainz Rheinfischer gewesen, ließ mich dann von einem Werbetrupp betrunken machen und fand mich schließlich in einem Söldnerheer wieder. Wir kämpften für die Kaiserlichen, für die Schweden, für die Truppen Richelieus, für jeden, der bezahlte – und gegen alles und jeden, der sich uns in den Weg stellte. Am schlimmsten wüteten wir gegen die Bevölkerung, der wir den letzten Bissen abpressten, um selber zu überleben. Ich habe die Aufnahme in unsere Bande seinerzeit als ehrenvollen Neuanfang empfunden."

Stellmacher und Vilsbacher gaben sich sichtlich bewegt die Hand, die Runde applaudierte respektvoll.

„Bei uns war es die reine Rachsucht", meldete sich die Gelbe Els zu Wort.

„Die kaiserlichen Truppen haben unser Dorf überfallen, unsere Männer erschlagen und den Frauen Schlimmes angetan", nickte die Braune Agnes.

„Deshalb wollten wir uns unerkannt dem kaiserlichen Tross anschließen, um uns bei sich bietender Gelegenheit blutig am befehlshabenden Offizier zu rächen", setzte die Rote Grete düster hinzu.

„Nun war es aber so, dass ebendieser Offizier von seiner Truppe desertierte und eine Räuberbande gründete", sagte die Gelbe Els. „Er hieß übrigens Frowin von Hagenau."

„Einzig der Umstand, dass er seine Truppe verließ, rettete ihm das Leben", betonte die Braune Agnes. „Denn ein ehrlicher Räuber gilt uns allemal mehr als ein pflichtvergessener Offizier hinter der Maske eines Ehrenmannes."

„Und auch eine Räuberbande braucht schließlich einen Tross", meinte die Rote Grete. „Logistik – so sagt man doch heute, oder?"

Der Hauptmann starrte die Schwarzen Schwestern mit offenem Mund an.

„Das ... das habe ich nicht gewusst", stammelte er schließlich. „Könnt ihr mir wenigstens jetzt, nach all den vielen Jahren ...?"

Die Turmuhr schlug dreimal.

„Nichts können wir", sagte Arkadius Goldenluft bestimmt. „Auf geht's! Wer ist der Nächste?"

„Die Nächste, wenn's recht ist", maulte die Schweden-Katrin.

„Ich war Marketenderin in der Armee von Gustav Adolf. Als der bei der Schlacht von Lützen fiel, wollte ich nur noch nach Schweden zurück. Aber man ließ mich nicht. So blieb ich bei der Truppe, bis ich eurer Bande begegnete, die der Meinung war, eine Marketenderin würde der Mannschaft guttun. Das war's dann auch schon."

Anna von Treuleben trat vor und warf einen giftigen Blick auf die blonde Schweden-Katrin.

„Die Schweden!", schnaubte sie grimmig. „Sie haben unser Kloster überfallen und dabei gehaust wie die Vandalen! Und dafür verehren sie heute hier in der Gegend Gustav Adolf wie einen Heiligen und benennen sogar Kirchen nach ihm – ekelhaft! Aber die Kaiserlichen, die danach kamen, waren keinen Deut besser. Der ach so fromme Tilly – dass ich nicht lache! Ich habe das Kloster verlassen, wurde von der Bande aufgegriffen und zur Feldgeistlichen erklärt – sehr witzig! Zur Strafe habe ich bei euren Überfällen immer auch für die Opfer gebetet – so, jetzt wisst ihr das auch!"

Die Erklärung Anna von Treulebens hatte den Hauptmann sichtlich amüsiert, seine Laune war eindeutig besser geworden.

„Wie war's bei dir, Jost Jürgens?", rief er fröhlich.

„Ich war Turmwächter", antwortete der Angesprochene ruhig. „Immer Ausschau halten nach Feinden bei Tag, nach Feuer in der Nacht. Ich verrate kein Geheimnis, wenn ich euch sage, dass an beidem kein Mangel herrschte. Nur wusste ich irgendwann nicht mehr, wer Freund und wer Feind war, und ob das Feuer auf eine Brandschatzung zurückging oder von den Lagern der Söldnertruppen herüber leuchtete, wo die letzten Ochsen der Bauern am Spieß gebraten wurden. Eines Tages stieg ich vom Turm herunter und versuchte mir einen Überblick zu verschaffen. Den bekam ich dann bei euch: klare Führung, starke Truppe, einer für alle, alle für einen!"

„Ich danke dir", sagte Frowin von Hagenau gerührt. „Ohne

diese Einstellung hätten wir's weiß Gott nicht so weit gebracht – was, Bärbchen?"

Während Bärbchen Pelzer versonnen nickte, ergriff der Gaukler Tönges Prym das Wort:

„Kriege sind immer schlimme Zeiten, und gerade dann ist das Bedürfnis nach Unterhaltung und Ablenkung besonders stark – das gilt sowohl für das sogenannte einfache Volk, während des großen Krieges aber gerade auch für die vorgeblich besser gestellten Kreise der Fürsten und kriegführenden Offiziere. Ich konnte mich also nicht über mangelnde Anerkennung beklagen und fühlte mich für meine Person auch inmitten der größten Kriegsgräuel einigermaßen sicher."

„Kurzfassung, wenn ich bitten darf", mahnte Arkadius Goldenluft. „Uns bleiben nur noch wenige Minuten."

„Nun denn", sagte der Gaukler. „Eines Tages traf ich irgendwo am Rhein auf unser Bärbchen Pelzer. Und so wie ich als Gaukler bei den Leuten für den dringend benötigten Spaß sorgte, hatte sie die Gabe, mit geheimnisvollem Heilwissen Mensch und Tier bei Krankheit, Gebrechen und Verwundung zu heilen. Warum, so fragten wir uns schließlich, sollten wir unser besonderes Talent ausgerechnet in den Dienst von Krieg und Zerstörung stellen? Da schien uns die Räuberbande noch als das kleinste Übel – nicht wahr, Bärbchen?"

Die Angesprochene nickte zustimmend.

„Leider konnte ich mein Wissen bei der Hinrichtung nicht gewinnbringend für euch anwenden", meinte sie bedauernd. „Ich war ja schon als Zweite an der Reihe, als der Henker seines Amtes waltete."

„Mach dir nix draus", tröstete Arkadius Goldenluft. „Heile, heile, Gänsje – wie es hier in Mainz heißt. Haben wir jetzt alle?"

„Nein, Maria fehlt noch!"

Die Stimme des Hauptmanns verriet Panik. Die geheimnisvolle Maria, deren eigentliche Herkunft keiner kannte, pflegte sich in einer umständlichen, mitunter rätselhaften Weise auszudrücken, die den anderen oft unverständlich blieb. Jetzt aber war Eile geboten.

„Komm schon, Maria – eine Minute!", presste Frowin von Hagenau zwischen den Zähnen hervor.

„Ich bin", sagte Maria nach kurzem Zögern, „mit mir dahingehend übereingekommen, verrückten, bösen Zeiten wie denen, deren Zeitgenossen zu sein wir schlechterdings nicht vermeiden konnten, zuzugestehen, bestimmte Entscheidungen, die in ihnen und in Abhängigkeit von ihnen getroffen wurden, ohne erkennbar logische Ableitung oder von späterer Warte zugestandene Plausibilität doch eine gewisse Sinnhaftigkeit zugute zu halten. Dies wollte und will ich, auch in Bezug auf meine eigenen Motive und Beweggründe, gerade diesen Weg eingeschlagen zu haben, geltend machen."

„Danke, Maria!", rief der Hauptmann erleichtert. „Du kannst etwas damit anfangen, Arkadius?"

„Klar doch", erwiderte der ehemalige Schreiber. „Jeden Moment schlägt die Uhr. Es war mir eine Ehre und ein Vergnügen, euch gekannt zu haben. Aber ich muss mich jetzt um meine Zukunft kümmern."

„Was hast du jetzt vor?", fragte Frowin von Hagenau pflichtschuldigst.

„Erst mal mache ich euch, indem ich eure Geschichte erzähle, unsterblich", schmunzelte Goldenluft. „Ich selber bin's ja schon."

„Wir alle danken dir für deinen Mut und deinen Einsatz", sagte der Hauptmann mit fester Stimme. „Ich will dir zum Abschied noch …"

In diesem Moment schlug die Turmuhr die erste Stunde des neuen Tages an. Die Gesellschaft der nunmehr von ihrem Fluch befreiten räuberischen Geister verschwand erlöst und für immer. Zurück blieb Arkadius Goldenluft. Während er von der Zitadelle hinunter durch das nächtliche Mainz zu seiner Amphore unter Palmen schwebte, überkam ihn das Gefühl, dass er allen Grund hatte, sich auf die Zukunft zu freuen.

Anton Becker schloss die Kladde, aus der er soeben vorgelesen hatte, und schaute erwartungsvoll in die Runde.

„Na, was meint ihr – reicht das als Gründungsmythos für einen Fastnachtsverein?"

Im Nebenraum der ‚Räuberhöhle', einer Weinstube in der Mainzer Altstadt, hatte sich ein gutes Dutzend Männer und Frauen versammelt, um einen alternativen Fastnachtsverein zu gründen, der den Namen „Kriminalistisch-Karnevalistische Tischgesellschaft" tragen sollte. Unter den Versammelten befanden sich Journalisten, Lehrerinnen, ein Winzer, ein Gastwirt, sogar eine Pfarrerin, die bislang einen eher lose organisierten Literaturkreis gebildet hatten. Nun strebte man den Schritt zu einer regelrechten Vereinsgründung an und beschloss, die bisher ausschließlich kriminalliterarischen Aktivitäten um einen fastnachtlichen Zweig zu erweitern.

Der Journalist Anton Becker, der bei einer Mainzer Lokalzeitung als Feuilletonredakteur beschäftigt war, hatte die Aufgabe übernommen, eine Art Legende zu erfinden, in der die Mitglieder des neu zu gründenden Vereins unter ihren fastnachtlichen Decknamen auftauchen sollten. Er selbst hatte sich, im Gegenzug für seine Mühen, die Rolle des Arkadius Goldenluft gesichert.

„Ich denke, dass ich für alle spreche, wenn ich sage, dass du deine Aufgabe zur vollen Zufriedenheit erfüllt hast", wandte sich der designierte Vereinsvorsitzende an Anton alias Arkadius. „Ich selbst habe mich seit unserem letzten Treffen mit den Bedingungen und Satzungen für eine Vereinsgründung befasst und glaube, dass der Kriminalistisch-Karnevalistischen Tischgesellschaft keine Hindernisse im Wege stehen. Als Erstes schlage ich vor, dass die ‚Räuber-

höhle' unser ständiges Vereinslokal wird, auch und gerade während der Fastnachtskampagne."

Als ob er diesen Anspruch untermauern wollte, erschien in diesem Moment der Wirt der Weinstube, um eine neue Runde von Bestellungen aufzunehmen. Er hieß eigentlich Hans Schindler, wurde aber von den Gästen ,Schinderhannes' gerufen.

Der designierte Vorsitzende leitete die Maßnahmen zur Vereinsgründung ein und brachte es am Ende so weit, dass eine stellvertretende Vorsitzende gefunden wurde (es war die Pfarrerin), dass die Posten von Schriftführer, Kassenwart und Veranstaltungsausschuss besetzt waren und zu guter Letzt das Vereinsziel definiert werden konnte, welches darin bestand, kriminalliterarische und karnevalistisch-humoristische Aktivitäten während der Fastnachtszeit auf hohem Niveau zusammenzuführen, zu pflegen und somit einen originellen Beitrag zur Tradition der Kneipenfastnacht zu leisten. Und so geschah es, dass an jenem Abend nach etlichen Gläsern Wein und anregenden Gesprächen zu den bestehenden fünfundsiebzig Mainzer Fastnachtsvereinen ein sechsundsiebzigster hinzukam.

Nachtgeflüster
Claudia Platz

Die Gardine tanzte vor dem offenen Fenster und zeichnete nachtgraue Schatten an die Wand, in deren Bewegungen kein Rhythmus zu erkennen war. Der Wind umspielte ihren Körper sanft wie ein zärtlicher Liebhaber. Er küsste ihren Nacken, streichelte die bloßen Schultern und liebkoste ihre Arme.

Ihre Hand wanderte hinüber zur anderen Seite, schob sich zwischen Laken und Decke, um ihn zu spüren, aber seine Hälfte war verwaist. Lange konnte Michael nicht aufgestanden sein, noch konnte sie seine Körperwärme ertasten. Sie schaute auf den Wecker und stellte fest, dass es längst nicht so spät war, wie sie vermutet hatte.

Wieder einmal war sie ohne ersichtlichen Grund aufgewacht, was in den letzten Wochen häufiger geschah. Meist lag sie dann grübelnd in ihrem Bett, während ein Kaleidoskop aus alten Erinnerungen und neuen Eindrücken unablässig in ihrem Kopf durcheinander wirbelte. In diesen zähen Stunden bis zum Tagesanbruch nahmen ihre Gedanken sie als Geisel und machten sie zu ihrer Gefangenen. Wenn sie wollte, konnte sie sich aus dieser Umklammerung befreien. Die Schachtel mit dem Diazepam lag in Reichweite auf dem Nachttisch und lockte im dämmrigen Licht.

Sie selbst wäre nicht auf den Gedanken gekommen, sich etwas gegen ihre nächtliche Unruhe verschreiben zu lassen. Michael hatte sie darauf gebracht, damit sie diesen Teufelskreis aus Schlafmangel und Erschöpfung endlich durchbrach und in ihren normalen Rhythmus zurückfand. Sie gab schließlich nach und auch ihr Hausarzt ließ sich überzeugen. Er verschrieb ihr eine kleine Packung, allerdings nicht ohne sie vor der Gefahr einer Abhängigkeit zu warnen.

Auch jetzt war die Versuchung groß. Eine zweite Tablette, und der Schlaf würde sich garantiert einstellen, und da morgen Sonntag war, musste sie auch nicht früh aufstehen. Aber sie widerstand. Es sollte nicht zur Gewohnheit werden. Sie wälzte sich noch einige Zeit hin und her und rollte sich dann wie ein Fötus zusammen. Die Dunkelheit schärfte ihr Gehör, und sie lauschte mit geschlossenen Lidern. Im Haus selbst war es still, aber von draußen drang der lockende Gesang einer Nachtigall herein. Er schaukelte sie sanft in den Armen, summte sein Wiegenlied und legte sich schließlich sacht wie eine Decke über sie. Das Gedankenkarussell verlor an Fahrt und hörte endlich auf, sich zu drehen.

Ruhe senkte sich über sie. Ihr Herzschlag verlangsamte sich, die Glieder wurden erst schwer und dann federleicht. Ihr Körper begann sich vom Bett zu lösen und in den Schlaf zu schweben. Traumsequenzen tauchten wie Nebelfetzen auf, untermalt von einem einlullenden Flüstern, das durch das Zimmer schwebte. Unvermittelt verstummte der Gesang und gab der Stille Raum. Weit entfernt hörte sie eine leise Stimme, begleitet von zärtlichem Lachen. Nicht nur die Nachtigall buhlte.

Die Silben kreisten über ihrem Bett, fielen auf sie herab, bahnten sich den Weg in ihr Bewusstsein. Plötzlich durchzuckte sie ein heißer Strahl. Sie erkannte die Stimme und sprang auf. Durch den Schleier des Vorhangs lugte sie hinunter in den Garten, der im Dämmerlicht des Vollmonds wie verzaubert wirkte.

Michael saß auf der kleinen Bank unter dem Metallbogen, um den eine Kletterrose ihre langen Triebe schlang. Ihre hellen Blüten glänzten wie Porzellan und verströmten selbst zu dieser Stunde noch ihren Duft. Auf dem kleinen Tisch standen ein fast volles Weinglas und ein Windlicht, in dessen Schein der Rotwein dunkel schimmerte. Sie wollte sich aus dem Fenster beugen und ihm zurufen, aber etwas hielt sie zurück, und so blieb sie eine heimliche Zuschauerin.

Es war weniger die Tatsache, dass er telefonierte, die sie irritierte, sondern viel mehr sein Verhalten. Er erschien ihr auf einmal irgendwie fremd. Sein Lächeln, der gelöste Gesichtsausdruck, seine entspannte Körperhaltung verrieten intime Vertrautheit. In ihren Ohren rauschte das Blut, und sie verstand in diesem Augenblick nichts von dem, was er sagte. Aber es bedurfte auch keiner Worte. Die Kulisse hatte ihre eigene Sprache und redete von Untreue.

Ihre Knie zitterten und sie schwankte. Ihre Hand tastete nach der Gardine, die ihr keinen Halt bot. Der Boden schien sich unter ihr aufzutun. Sie glaubte, innerlich entzweigerissen zu werden. Es konnte einfach nicht sein. Jeden Tag aufs Neue beteuerte er ihr seine Liebe und trug sie auf Händen. Hatte sie sich so in ihm getäuscht? Sollten seine Schwüre am Ende doch nur flüchtige Lippenbekenntnisse sein? Waren die kurzen Monate des Glücks nur eine aufgebrauchte Illusion?

Ihre Fingernägel durchbohrten die dunkelrote Seide ihres Nachthemdes und hinterließen blutige Abdrücke auf ihren Oberschenkeln, aber sie spürte den Schmerz nicht. Ihr Atem kam stoßweise, ihr Speichel schmeckte gallig. Wie gern hätte sie ihre Wut laut hinaus geschrien. Doch sie unterdrückte ihren Gefühlsausbruch. Stattdessen starrte sie selbstquälerisch auf dieses Idyll in dem Bewusstsein, dass der beglückte Ausdruck auf seinem Gesicht nicht ihr galt, sondern der Person, mit der er sprach. Entgegen aller Offensichtlichkeit hoffte sie dennoch, dass sie sich irrte.

Plötzlich verstummte er, hob ruckartig den Kopf und schaute Richtung Schlafzimmer. Hatte er sie bemerkt? Oder erinnerte er sich an ihre Schlafstörungen und wollte sich vergewissern, dass sie ihn nicht belauschte? Jäh taumelte sie zurück, behielt ihn aber im Sichtfeld. Endlich verabschiedete er sich.

„Wir sehen uns morgen. Schlaf gut", hörte sie ihn leise sagen, bevor er sich mit dem Glas in der Hand versonnen zurücklehnte.

Die Nachtigall begann wieder zu schlagen, aber dieses Mal prallte der Gesang an ihr ab. Er klang kakophon und hatte seinen Liebreiz verloren. Sie erinnerte sich an die Bedenken ihrer Eltern, die ihr eindringlich geraten hatten, nichts zu überstürzen. „Du kennst ihn doch kaum! Gebt euch etwas Zeit! Was weißt du schon über ihn?"

Damals hatte sie die Mahnungen einfach in den Wind geschlagen. Nun verwünschte sie ihren Eigensinn, der sie zu dieser voreiligen Ehe verleitete.

Am Fastnachtssonntag hatten sie sich in Mainz beim Tanz auf der Ludwigstraße kennengelernt und waren seitdem ein Paar. Nur zwei Monate später heirateten sie, allen Einwänden zum Trotz. Sie zweifelte nie an ihm, fand, dass er der ideale Mann für sie war, doch jetzt war der Zauber, den er auf sie ausübte, gebrochen. Aufs Äußerste verletzt und am ganzen Körper zitternd kroch sie zurück ins Bett. Egal, was er morgen vorhatte, sie würde es herausfinden.

Beim Aufwachen fühlte sie sich zentnerschwer. Sie wankte ins Bad und erschrak bei ihrem Anblick. So konnte sie ihm nicht gegenübertreten. Die Blässe und die Augenringe übertünchte sie mit Make-up und Rouge. Ihre langen Haare wickelte sie zu einem strengen Knoten und steckte ihn fest. In legerer Kleidung ging sie schließlich hinunter in die Küche und versuchte, sich nichts anmerken zu lassen.

Michael summte gut gelaunt vor sich hin. Der Frühstückstisch war gedeckt. Frische Brötchen und schwarzer Tee standen bereit. Er lächelte sie an und nahm sie wie immer in die Arme.

„Möchtest du ein Frühstücksei, meine Schöne?", fragte er und küsste sie.

Seine Lippen waren warm und weich, und Verlangen flammte kurz in ihr auf, das sie sogleich unterdrückte. Heute war er so fürsorglich und liebevoll wie immer. Im Licht dieses wunderschönen Tages erschien ihr das nächtliche Erlebnis seltsam unwirklich. Immerhin war sie schlaftrunken gewesen. Hatte sie sich alles nur eingebildet oder einfach falsch interpretiert? Sie wünschte sich nichts mehr, als dass es so wäre.

Stumm setzte sie sich, und er schenkte Tee ein. „Ich gehe später noch weg." Er machte also kein Geheimnis aus seiner Verabredung. Sie hielt in ihrer Bewegung inne und starrte in die Tasse.

„Wohin denn?", fragte sie tonlos.

„Sag nur, das hast du vergessen! Heute ist doch Heimspiel. Frieder holt mich nachher ab, und wir fahren gemeinsam ins Stadion. Falls die Mainzer gewinnen, wird anschließend noch gefeiert."

Das Band um ihr Herz zersprang, und sie atmete erleichtert auf. Er hatte mit seinem Bruder telefoniert. Jetzt erklärte sich auch das ‚Wir sehen uns morgen'. Frieder war seine Verabredung! Beschämt über ihren voreiligen Verdacht meinte sie: „Das ist mir völlig entfallen!"

„Na, du warst ja noch nie ein Fußballfan!", scherzte er und köpfte schwungvoll sein Ei. „Es kann also spät werden. Warte nicht auf mich."

Sie brachte endlich ein Lächeln zustande. „Ich komme schon klar."

Er nahm ihre Hand und küsste zärtlich ihre Fingerspitzen. „Danke für dein Verständnis", bemerkte er, runzelte aber plötzlich seine Stirn. „Ist auch wirklich alles in Ordnung? Du bist so blass."

„Ja, ich habe nur mal wieder schlecht geschlafen."

„Hast du deine Tabletten etwa nicht genommen?"

„Doch, das habe ich", versicherte sie rasch.

„Vielleicht solltest du die Dosis erhöhen?"

„Nein", entfuhr es ihr. „Das ist mir zu riskant. Die Dinger sind schon stark genug."

„Du bist erwachsen und musst wissen, was du tust. Wäre es dir lieber, ich bliebe zu Hause, damit du nicht allein bist?", fragte er fürsorglich.

„Geh nur", drängte sie ihn.

Frieder holte Michael in rot-weißer Fan-Montur ab und begrüßte ihn auf seine gewohnt saloppe Art. „Bist du gut drauf, Alter?", strahlte er ihn an.

Michael grinste zurück. „Aber sicher doch!"

Als sie die beiden Männer nebeneinander stehen sah, fiel ihr erneut auf, wie wenig sie sich ähnelten. Michael war der dunkle, athletische Typ, Frieder blond und eher schmal. Auch ihre Gesten und Mimik ließen keine Gemeinsamkeiten erkennen, und dennoch waren sie Brüder.

Kaum war sie allein, begann es in ihrem Kopf zu arbeiten. Obwohl sie nun eine Erklärung für das Telefonat hatte, nistete sich der Keim des Argwohns ein und bohrte wie ein Stachel. Je länger sie darüber nachdachte, umso seltsamer erschien ihr Michaels Gesichtsausdruck während des Gesprächs. Sah man so aus, wenn man mit seinem Bruder redete? Diese Frage beantwortete sie für sich mit einem klaren Nein. Vielleicht steckten die beiden unter einer Decke und Frieder verschaffte Michael aus reiner Geschwisterliebe ein Alibi.

Sie kam ins Grübeln, und gegen Abend – die Mainzer hatten einen Heimsieg eingefahren und Michael würde noch lange wegbleiben – hielt sie es nicht mehr aus. Zunächst prüfte sie die eingegangenen Anrufe aus dem Festnetz und durchsuchte seinen Schreibtisch sowie den gemeinsamen PC, fand aber nichts Verdächtiges. Auch in den Taschen seiner Hosen und Jacken entdeckte sie nichts, was ihre Vermutung bestärkte. Sein Notebook hochzufahren, wagte sie nicht, denn er würde es sofort merken, wenn sie versuchte, sein Passwort zu knacken.

Auch während der kommenden Wochen spionierte sie ihm weiter hinterher. Sie las seine Post, wenn er sie achtlos herumliegen ließ. Nach jedem Anruf überprüfte sie die Nummer. Wenn sich die Möglichkeit ergab, checkte sie seine E-Mails genauso wie die SMS und Anrufe auf seinem Handy. Doch außer ein paar geschäftlichen Gesprächen hatte er nur mit Frieder regelmäßig telefoniert. Nichts wies auf seine Untreue hin, und sie hätte beruhigt sein können, doch ihr Misstrauen schwelte weiter.

Hin- und hergerissen zwischen ihrem Verdacht und den Tatsachen, die ihn zu widerlegen schienen, wurde ihr bewusst, wie wenig sie ihn eigentlich kannte.

Welche Vorlieben hatte er? Gegen was empfand er Abneigung? Wie hatte sein früheres Leben ausgesehen? Außer Frieder hatte er keine Verwandten und praktisch keine Freunde. Er begründete Letzteres mit seinem Umzug vor einem dreiviertel Jahr und dass er noch nicht die Zeit gefunden hatte, sich neue Bekannte zu suchen. Er redete auch nie über seine vorherigen Beziehungen, und wenn sie nachfragte, blockte er immer ab. Was sie am meisten stutzig machte, war aber das Fehlen jeglicher Erinnerungsstücke. Es gab keine Fotos oder andere Dinge, die aus der Zeit vor ihrer Ehe stammten. Als sie sich danach erkundigte, behauptete er, sie befänden sich noch in den eingelagerten Kartons bei dem Umzugsunternehmen. Das erschwerte ihre Nachforschungen und ihr blieb für den Moment nichts anderes übrig, als ihm zu glauben.

Eines Abends saßen sie im Garten und ließen den Tag ausklingen. Eine sanfte Brise wehte, und sie wählten den geschützten Platz vor der Hauswand. Das Abendrot färbte die bauschigen Wolken über den Hügeln Rheinhessens purpur und golden. Das Licht ließ den Himmel unendlich erscheinen, und in Augenblicken wie diesen genoss sie die ländliche Idylle.

Kurz nach ihrer Hochzeit waren sie nach Gau-Bischofsheim gezogen. Das kleine Dorf war eingebettet zwischen Weinbergen und Feldern und befand sich nur wenige Kilometer von Mainz entfernt, dennoch schienen Welten zwischen beiden zu liegen. Den leicht verschlafen anmutenden Ort empfand sie nicht gerade als Nabel der Welt, denn als Stadtmensch liebte sie den Trubel. Sie vermisste es, abends einfach aus dem Haus gehen zu können, um zu flanieren und einen Spontanbesuch in einer der Altstadtkneipen einzulegen. Aber aus Liebe zu ihm hatte sie ihre schicke Eigentumswohnung vermietet und war aufs Land gezogen, denn er bevorzugte die dörfliche Abgeschiedenheit.

Ihr Haus stand am Feldrand und gewährte ihnen freie Sicht auf die sanft ansteigenden Wingerte mit dem Klepperkreuz und der Glockenberghütte. Ihr Blick blieb auf der kleinen, von der Natur willkürlich arrangierten Baumgruppe hängen, die auf dem Hügelkamm stand. Sie wirkte inmitten der akkuraten Rebzeilen wie ein exotischer Fremdkörper. Die Äste der großen Bäume ragten mehr in die Breite als in die Höhe und bildeten ausladende Schirme, die im dämmrigen Abendlicht weiche Schatten warfen. Bald würden sie mit der Dunkelheit verschmelzen. Sie mochte diese Aussicht und die friedliche Stimmung, da sie sie an die Weite Südafrikas erinnerte, wo sie ihre Flitterwochen verbracht hatten. Genau so hatte es sich angefühlt, wenn sie mit einem Drink auf der Veranda ihrer Lodge saßen und den Giraffen in der Ferne beim Äsen zusahen, darauf wartend, dass der Ranger sie zum Dinner abholte.

Michael schien ähnlich zu empfinden, denn er brachte ihr einen Gin Tonic, ohne dass sie ihn darum gebeten hätte. Er selbst zog ein Weizenbier vor, denn Longdrinks waren nicht seine Sache.

„Ich dachte, du hättest vielleicht Lust auf einen Sundowner? In Erinnerung an unsere wunderschöne Hochzeitsreise", lächelte er und prostete ihr zu.

„Danke, das ist eine gute Idee", pflichtete sie ihm bei, obwohl der Gin Tonic inzwischen seinen Reiz verloren hatte. Sie war und blieb eine Weintrinkerin. Das wusste er, und deshalb wunderte sie sich etwas über diese Geste. Doch sie wollte ihn nicht enttäuschen und nippte daran. Er schmeckte ungewohnt bitter. Michael hatte entschieden zu viel Gin und Limette hineingetan. Irgendwie fühlte sich ihre Zungenspitze auf einmal pelzig an, und sie stellte das Glas ab, ohne viel gekostet zu haben.

„Schmeckt er dir nicht?", argwöhnte er.

„Doch", bestätigte sie ihm.

„Und warum trinkst du ihn dann nicht?", fragte er, wobei für den Bruchteil einer Sekunde ein lauernder Ausdruck in seine Augen trat, der sie erschreckte. Aber er verschwand sofort wieder, sodass sie glaubte, sich alles nur eingebildet zu haben.

„Mache ich ja, aber ich muss ihn ja nicht gleich hinunterkippen, oder? Wir haben doch den ganzen Abend Zeit."

„Nein, natürlich nicht. Entschuldige bitte", erwiderte er leicht zerknirscht, schien sie aber weiterhin mit seinem Blick beschwören zu wollen.

Sie griff wieder nach dem Glas, während er sie nicht aus den Augen ließ. Bevor sie trank, klingelte im Haus das Telefon.

„Jetzt haben wir schon so ein Mobilteil, aber nie ist das verdammte Ding da, wo man es gerade braucht", fluchte er und trabte hinein.

Mit dem Drink in der Hand lehnte sie sich zurück, schloss die Lider und hörte ihm zu. Er redete leise, dennoch konnte sie ihn verstehen. Schließlich verabschiedete er sich. „Gut, dann bis morgen."

In diesem Moment schlug die Nachtigall und erinnerte sie an jene Nacht, in der sie ihn unfreiwillig belauscht hatte. Erschrocken öffnete sie die Augen, starrte auf die Bank unter dem Rosenbogen und sah ihn dort sitzen mit dem Handy am Ohr und dem glücklichen Gesichtsausdruck wie er nur Verliebten eigen ist. Die Erkenntnis durchzuckte sie und ihr wurde bewusst, dass sie die ganze Zeit von falschen Voraussetzungen ausgegangen war. Er hatte ihr unter der Maske des liebenden Gatten etwas vorgegaukelt. Ihre Ehe war eine Farce, Teil einer bösartigen Commedia dell' Arte, basierend auf einer Lüge. Ihr Körper schien einzufrieren, und sie war zu keiner Regung fähig.

Als er zurückkam, summte er eine Melodie, die sie sofort als die wiedererkannte, die er an dem Sonntagmorgen nach dem Telefonat angestimmt hatte.

„Das war Frieder. Er wollte wissen, ob wir morgen zusammen bowlen gehen", lächelte er.

Bezog das „wir" sie mit ein? Oder galt es ausschließlich für Michael und Frieder? Mit einer ungelenken Bewegung stellte sie laut klirrend das Glas ab.

„Dafür, dass du deinen Sundowner nicht runterkippen wolltest, hast du ihn aber schnell weggezischt", grinste er und griff quer über den Tisch nach ihrem Unterarm.

Seine kalte Hand lag schwer auf ihrer Haut, aber ihr fehlte die Kraft, sie abzuschütteln. Er schien sich nicht daran zu stören, dass sie schwieg. Erst als er aufstand, seine Hände unter ihre langen Haare schob und sie um ihren Nacken legte, kam sie zur Besinnung. Seine Daumen wanderten sanft Wirbel für Wirbel bis zu ihrer Schädelbasis und verharrten dort in kreisenden Bewegungen. Früher hatte diese Berührung wohlige Erregung ausgelöst. Nun fröstelte sie. Er beugte sich hinunter, bis seine Lippen auf der Höhe ihres Ohres waren. Dabei verstärkte sich der Druck der Finger, die inzwischen um ihren Hals lagen und sich vor ihrer Kehle berührten. Ihre Gänsehaut verstärkte sich und ihre Muskeln versteiften.

„Frierst du etwa? Dann lass uns hinein gehen, damit du dich nicht erkältest", zeigte er sich besorgt.

Sie schüttelte leicht den Kopf, doch er gab nicht auf. „Was hältst du davon, wenn wir es uns im Bett gemütlich machen? Diese herrliche Nacht ist doch wie gemacht für die Liebe! Findest du nicht auch, Schatz?"

Die Vorstellung, mit ihm zu schlafen, ließ sie würgen, und außer ein paar unartikulierten Lauten brachte sie nichts heraus.

Als er sich von ihr löste, hinterließen seine Fingerkuppen rote Abdrücke auf ihrer Haut. „Komm schon, lass uns gehen", drängte er.

Ihre Knie fühlten sich an wie aus Wackelpudding, als er den Stuhl nach hinten zog und sie zum Aufstehen zwang. Sie wankte leicht und suchte am Tisch Halt.

„Komm, ich helfe dir. Es ist schon erstaunlich, wie schnell der Drink wirkt. War vielleicht doch ein bisschen viel Gin drin", meinte er und umfasste ihre Taille.

Sie hätte seine Hände gern abgewehrt, fühlte sich aber zu kraftlos. Wenn sie sonst Arm in Arm gingen, lehnte sie ihren Kopf an seine Schulter. Heute starrte sie ihn nur an. In dem vertrauten Profil mit der fein modellierten Nase, den dicht bewimperten Augen und den vollen Lippen entdeckte sie das erste Mal eine entschlossene Grausamkeit, die sich mit Schönheit tarnte.

Statt ins Bett bugsierte er sie ins Badezimmer, wo er sie auf dem heruntergelassenen Toilettendeckel absetzte und gegen die Wand lehnte. Sie gähnte, und er musterte sie lange mit kaltem Blick.

„Kleine Planänderung, Liebes. Wir verzichten auf das Vorspiel und kommen gleich zur Sache."

Ihr Herz begann wie wild zu schlagen, aber sie rührte sich nicht. Sie wollte wissen, was er vorhatte.

„Es ist ja bekannt, dass das Diazepam rasch wirkt, aber dass es so schnell und effektiv geht, hätte ich nicht gedacht. Das

Zeug verdient zu Recht den Ruf, einen auszuknocken", stellte er fest. „Jetzt lasse ich dir erst einmal ein schönes Bad ein. Du liegst doch gern im warmen Wasser", fuhr er mit schneidender Stimme fort.

Nun war jeder Zweifel ausgeräumt. Alles passte zusammen. Die Eile, mit der er sie heiratete. Das gemeinsame Testament, von dem nur er profitierte, da sie das Geld besaß. Die Schlaftabletten, die er ihr regelrecht aufgedrängt hatte, und seine Geheimnistuerei um seine Vergangenheit. Er hatte gut vorgesorgt. Tränen brannten in ihren Augen, doch sie kämpfte dagegen an. Sie wollte keine Schwäche zeigen.

Während sie verzweifelt nach einem Ausweg suchte, plapperte er munter weiter.

„Ich habe dir ein paar Details meine Person betreffend verschwiegen. Du solltest vielleicht endlich erfahren, dass ich bereits dreimal verwitwet bin und gleich wieder sein werde. Dir dürfte auch nicht entgangen sein, wie sehr ich Geld schätze, und da kommt mir eine Erbschaft hie und da doch recht gelegen. Meine Ehen waren, solange sie bestanden, immer mustergültig, auch wenn sie allesamt ein abruptes Ende fanden. Meine erste Frau zum Beispiel malerte für ihr Leben gern. Der Himmel weiß warum, aber es erwies sich doch als äußerst praktisch. Eines schönen Tages stürzte sie – nicht ganz zufällig – beim Lasieren des Balkongeländers auf unsere Terrasse. Kein schöner Anblick, kann ich dir sagen."

Er hielt inne und beobachtete ihre Reaktion. Als sie nicht protestierte, machte ihn das noch selbstgefälliger. „Nummer zwei war von einem regelrechten Deko-Wahn befallen. Vor allem Weihnachten und Ostern waren ein Graus. Nirgends konntest du etwas abstellen, überall lauerten gutmütig dreinblickende Nikoläuse, fette Putten oder dämlich grinsende Osterhasen. Bunte, blinkende Lichter hatten es ihr besonders angetan. Während der Adventszeit glich unser Haus einem

Kreuzfahrtschiff bei der Jungfernfahrt. Die Beleuchtung war so grell, dass du beinah blind wurdest – von der Stromrechnung einmal ganz zu schweigen. Meine Warnungen vor Billigimporten aus asiatischen Ländern ignorierte sie, und so kam es, wie es kommen musste – wumms. Ein tödlicher Stromschlag, und schon befand sie sich im Jenseits. Unnötig zu erwähnen, dass ich da wieder meine Finger im Spiel hatte."

Noch immer reagierte sie nicht.

„Nummer drei litt unter einer Putzneurose. Sie wischte ständig hinter mir her – getreu dem Motto „Zewa wisch und weg". Was lag da näher, als dass sie beim Fensterputzen von der Leiter fiel und sich das Genick brach?", fragte er Beifall heischend, nur blieb der Applaus aus. „Das Beste war, dass alle drei Tode als häusliche Unfälle durchgingen und die Polizei keinen Grund für Ermittlungen sah. Und da es so einfach ist, mache ich weiter, bis ich ausgesorgt habe. Zu meiner Ehrenrettung muss ich allerdings anführen, dass ich sehr vorsichtig bin. Ich wechsele immer die Bundesländer. Begonnen habe ich in Bayern, es folgten Baden-Württemberg und Hessen. Jetzt ist Rheinland-Pfalz dran, danach das Saarland. Oder soll ich doch lieber gleich nach Nordrhein-Westfalen gehen? Was meinst du?"

Sie meinte gar nichts und gähnte erneut.

Er unterbrach seine Prahlerei, stellte sich vor den Spiegel und musterte sein Konterfei, während er sich durch das Haar fuhr. „Man muss die Chancen nutzen, solange man sie hat. Ich werde auch nicht jünger", bemerkte er mit einem bedauernden Seufzen. „Deine Vorgängerinnen hatten recht hübsche Summen auf der hohen Kante, aber im Vergleich zu deinem Vermögen waren das Peanuts. Die Versuchung ist einfach zu groß, ich hoffe, du verstehst das."

Tat sie nicht! Doch das behielt sie für sich.

„Eigentlich hatte ich dir noch eine Schonfrist eingeräumt. Doch deine Neugier kam dazwischen. Dachtest du wirklich,

ich merke nicht, wie du mir hinterherschnüffelst? Was hat dich überhaupt dazu bewogen? Du warst sonst immer so vertrauensselig", fragte er, wohlwissend, dass sie ihm nicht antworten würde.

„Lag es an den vielen Telefonaten mit Frieder? In Zukunft muss ich in dieser Beziehung wohl vorsichtiger sein. Aber er ist einfach auf längere Sicht reizvoller für mich, als es meine Ehefrauen jemals waren. Er ist genauso wenig mein Bruder wie du meine Schwester bist – höchstens im Geiste. Uns verbindet nebenbei auch noch die gleiche Profession. Wir sind beide schwarze Witwer. Es ist schon beinah ein kleiner Wettkampf zwischen uns entbrannt, wer in Führung geht. Mit dem Mord an dir steht es vier zu drei für mich.

Nun aber genug geplaudert. Ich ziehe mich nur rasch aus. Es wäre nämlich gar nicht gut, würden meine Kleider nass. Das könnte die Polizei auf falsche Gedanken bringen und das wollen wir doch nicht", bemerkte er und ging ins angrenzende Schlafzimmer.

Das Wasser floss unaufhörlich weiter. Erste Schaumbläschen schoben sich über den Rand, zerplatzten und liefen als seifiger Film an der Außenseite der Wanne hinunter, um sich auf dem gefliesten Boden in einer kleinen Lache zu sammeln.

„Hoppla, da wäre ich fast zu spät gekommen", flachste er und drehte rasch den Hahn zu.

Der Pfütze auf dem Boden schenkte er keine Beachtung. Mit seiner Rechten prüfte er die Temperatur. „Etwas heiß vielleicht, aber du hast es ja gern warm", stellte er fest. „Nun bist du an der Reihe, Liebling."

Er kniete sich vor sie, zog ihr Strickjacke und Bluse aus und ließ sie achtlos zu Boden fallen. Dann hievte er sie hoch und lehnte sie gegen die Duschabtrennung. Rock, Strumpfhose und Unterwäsche folgten. Regungslos wie eine Puppe ließ sie es über sich ergehen.

„Es ist Zeit, diese Ehe zu beenden", raunte er ihr ins Ohr.

Ihre Oberarme umfassend, zog er sie mit sich. „Bald hast du es hinter dir. Du gleitest ganz einfach unter Wasser und hörst auf zu atmen. Und dazu muss ich nicht einmal viel Kraft aufwenden, da dich die beiden Schlaftabletten in deinem Gin Tonic schachmatt gesetzt haben. Die Polizei wird die Schachtel auf deinem Nachttisch finden, zwei und zwei zusammenzählen und erneut von einem tragischen Unfall ausgehen. Und ruck-zuck bin ich schon bald wieder ein freier Mann. Bereit für die Nächste", ergänzte er noch.

Mit staksigen Schritten näherte sie sich der Wanne. „Jetzt sperr dich nicht so! Ich dachte, das Mittel macht dich gefügig und nicht widerspenstig."

Im Rückwärtsgehen umklammerten seine Hände fest ihre Oberarme. Unbewusst bleckte er seine Zähne. Sein Atem roch nach schalem Weizenbier. Seine Lippen verschmälerten sich zu harten Linien, und in seinen Augen lag jener kalte Ausdruck, mit dem er sie vorhin bereits bedacht hatte. Sein schönes Gesicht verlor alles Menschliche und erstarrte zur diabolischen Fratze. Wie hatte sie diesen Teufel nur jemals lieben können?

Sie hörte, wie er in die Wasserlache tapste. Gleich erreichten sie die Wanne, und dann war es so weit. Die Nebennieren setzten Adrenalin frei. Es schoss durch ihre Blutbahnen, mobilisierte ihre Muskeln, brachte ihr Herz zum Rasen, schärfte ihre Sinne und beflügelte die Reflexe.

Er stieß mit der Ferse auf Widerstand, blieb stehen und brachte sie mit einer 90-Grad-Drehung in seitliche Position.

„Da wären wir. Bekomme ich noch einen Kuss? So ganz ohne Abschied möchte ich dich nicht verlassen", höhnte er und lockerte seinen Griff.

Ihr blieb nur diese eine Chance. Alle Starrheit fiel von ihr ab. Mit der Geschmeidigkeit einer Katze entwand sie sich ihm.

„Hier hast du deinen Kuss!", spie sie ihn an, schlug seine

Hände weg und brachte ihn mit einem gezielten Tritt gegen seine Unterschenkel ins Wanken. Völlig überrumpelt riss er die Augen auf, stieß einen kurzen Schrei aus und ruderte wild mit den Armen wie ein Albatros mit seinen Flügeln beim Start. Ohne zu zögern, schubste sie ihn mit aller Kraft von sich. Er verlor vollends das Gleichgewicht, rutschte auf dem nassen Boden aus, knallte mit der Schläfe auf die Armatur und fiel platschend in die Wanne.

Gleichzeitig machte sie einen Satz nach hinten und griff blitzschnell nach der Frisierschere, die auf einem Regal lag, um sie ihm notfalls in den Hals oder den Bauch zu rammen. Doch das war nicht mehr nötig. Er hatte das Bewusstsein verloren. Das Blut aus seiner Platzwunde mischte sich in rosa Schleiern unter das Wasser. Noch befanden sich Mund und Nase über der Oberfläche und seine Beine hielten ihn in dieser Position. Mit der Schere in den Händen stand sie bebend vor dem leblosen Körper. Sie registrierte, wie der Schaum in sich zusammenfiel und erinnerte sich an seine Worte. Wie hatte er es doch so treffend formuliert? „Du gleitest ganz einfach unter Wasser und hörst dann auf zu atmen!"

Noch könnte sie ihn retten. Aber das wollte sie nicht und beließ es beim Konjunktiv. Sie legte die Schere weg, ergriff seine Beine und drehte ihn so, dass er komplett in der Wanne lag.

„Wie du mir, so ich dir", meinte sie ruhig und drückte seinen Kopf sanft unter Wasser.

Luftblasen stiegen aus Mund und Nase auf wie überdimensionierte Sektperlen und zerplatzten mit kaum hörbarem „Plopp". Sie wurden kleiner und kleiner und ihr zeitlicher Abstand immer größer. Schließlich versiegte der Strom ganz. Im gleichen Maße wie die Wasseroberfläche zur Ruhe kam, tat sie es auch. Im Haus herrschte Stille, selbst die Nachtigall war verstummt.

Sie empfand weder Trauer noch Bedauern oder Erleichterung, sondern nur Leere. Schließlich rief sie sich zur Vernunft und zog sich langsam an. Dann setzte sie sich auf den geschlossenen Toilettendeckel und begann zu reden.

„Dieses Mal hast wohl du den Kürzeren gezogen, mein Lieber! Nicht nur ich wusste wenig über dich, du anscheinend auch über mich. Zehn Jahre Judo lehren einen, sich selbst zu verteidigen. Hast wohl gemeint, ich wäre ein leichtes Opfer und dein Plan todsicher. So kann man sich irren. Aber du hast schon immer zur Übertreibung geneigt. Es war einfach zu viel Gin im Drink, wohl um die Wirkung der Tabletten zu verstärken. Wärest du nur etwas sparsamer damit umgegangen, hätte ich mein Glas sicher leer getrunken. So aber habe ich es ausgekippt, während du mit Frieder telefoniertest. Ich hoffe, der Olivenbaum überlebt diesen Anschlag."

Sie stand auf und strich den Rock glatt. „Ach, übrigens danke, dass du dich selbst ausgezogen hast. Das war sehr rücksichtsvoll von dir und erspart mir Arbeit sowie unnötige Erklärungen. Die Spurenlage ist eindeutig, und die Polizei wird bestimmt – wie du bereits vermutet hast – auf Unfall erkennen. Ich muss mir nur noch überlegen, wie ich sie dazu bringe, intensivere Erkundigungen über Frieder anzustellen. Nicht, dass er mir noch gefährlich wird", gluckste sie und trat vor den Spiegel.

Dort brachte sie ihre Frisur in Unordnung, wischte sich den Lippenstift ab und verschmierte ihre Mascara. „Noch etwas rohe Zwiebel und die Polizei nimmt mir die trauernde Witwe ab", stellte sie fest.

Ein letztes Mal warf sie einen Blick auf ihren Mann.

„Vorhin blieb ich dir die Antwort schuldig, nun werde ich deine Frage beantworten: Diese Nacht ist wirklich wie gemacht zum Lieben – aber eben auch zum Sterben", flüsterte sie im Hinausgehen.

Nachtaufnahmen
Wolfhard Klein

Tante Gudrun machte sich Sorgen, denn Eveline war ein heißer Feger, und Onkel Günter war auch nur ein Mann. Tante Gudrun hatte die Frau mit der makellosen Figur in einer
Fernseh-Talkshow gesehen. Es ging dort um Erotik. Eveline
war eingeladen worden, weil sie sich in der Kunstszene und in
einigen reich bebilderten Hochglanzzeitschriften als die Frau
einen Namen gemacht hatte, die ihren Körper konsequent als
Kunstwerk inszenierte. Den Erwartungen entsprechend hatte
sie eine Bluse angehabt, die so sparsam geschnitten war, dass
sie auf das teure Stück ruhigen Gewissens hätte verzichten können, zumal der Stoff transparent gewesen war. Auf den BH hatte sie verzichtet. Gleich zu Beginn der Sendung hatte sie einem
ihrer Gesprächsteilnehmer besitzergreifend die Hand auf den
Oberschenkel gelegt. Sehr weit oben auf den Oberschenkel.

Mit vollem Namen hieß sie Eveline von Hambach, und sie
hatte sich im Gasthaus Schwan eingemietet. Tante Gudrun
war vom ersten Tag an alarmiert. Bei uns in Langenheim sind
prominente Persönlichkeiten nicht oft zu Gast. Wenn, dann
spricht es sich sofort herum. Wen man auch traf, Eveline war
im Gespräch, denn sie war unübersehbar, und wer sie gesehen
hatte, hatte reichlich Gesprächsstoff. Tante Gudrun war sich
mit dem Pfarrer, um den sie wegen seiner herablassenden Art
normalerweise einen Bogen machte, einig wie nur selten.

Wer auch immer für die Verteilung von Schönheit in der
Welt zuständig war, er hatte es mit der Performance-Künstlerin
gut gemeint. Sie sah verdammt gut aus und das zeigte sie auch.
Sie hatte nie viel an, wenn sie im Ort unterwegs war. Die Kleidung, die sie trug, war entweder hauteng und bildete ab, was
darunter war – oder sie ermöglichte Einblicke, die viele Lan-
genheimer nur von Strandurlauben kannten.

Die sparsame Verwendung von Stoff bei Eveline von Hambachs Garderobe provozierte Männer und Frauen auf unterschiedliche Weise. Während die Männer des Dorfes, wenn sie unter sich waren, Evelines Auftritte mit feuchten Lippen wohlwollend kommentierten, war für viele Frauen, zurückhaltend ausgedrückt, die Grenze des guten Geschmacks weit überschritten. Auch für Tante Gudrun. Sie kannte schließlich ihren Mann. Sie wusste, wofür er empfänglich war.

Eveline war seit drei Monaten mit ihrer Kamera im Dorf unterwegs. Immer machte sie Nachtaufnahmen, zunächst von Gebäuden, dann von Dorfbewohnern, und zwar ausschließlich von Männern. Die Männer waren geschmeichelt, von einer Prominenten fotografiert und gefilmt zu werden. Die Frauen nahmen misstrauisch hin, dass Eveline sich ausschließlich für Männer als Objekte ihrer Kunst interessierte und nie Frauen filmte. Die Situation eskalierte, als sich herumsprach, dass die Künstlerin, seit sie im Dorf war, abends im Schwan mit den Stammgästen trank und redete und mit einigen anschließend auf ihrem Zimmer verschwand. Die Frauen machten ihren Männern Druck. In einigen Wohnzimmern ging es zwischen den Ehepaaren verbal heiß her, in manchen Schlafzimmern herrschte eisiges Klima.

Onkel Günter war einer der Männer, die Eveline bereitwillig gefolgt waren. Hinterher wollten das alle vom ersten Tag an gewusst haben. Nur Tante Gudrun hatte es nicht gewusst. Bis vor ein paar Tagen. Tante Gudrun war Onkel Günters zweite Frau. Sie war in meinem Alter.

Seit Donnerstag war Onkel Günter weg. Tante Gudrun äußerte die Vermutung, dass ihr Mann und Eveline von Hambach gemeinsam verschwunden sein könnten.

Ihr Verdacht kam nicht von ungefähr. Im Ort hatte es sich nämlich wie ein Lauffeuer herumgesprochen, dass Eveline von Hambach am Donnerstagmorgen abgereist war. Und meine

Tante kannte die Empfänglichkeit ihres Mannes für unübersehbare weibliche Reize nur zu gut. Denn genau damit hatte sie Onkel Günter auf sich aufmerksam gemacht, kurz nachdem sie von einer Zeitarbeitsfirma als Aushilfe in sein Sekretariat vermittelt worden war. Das war vier Jahre her. Seit dreieinhalb Jahren war sie seine Frau. Ihre Reize wirkten auf Günter immer noch, aber seit geraumer Zeit gab es eine Diskrepanz zwischen Wollen und Können.

Sie vermutete, dass das bei Eveline anders war. Jedenfalls beunruhigte es sie sehr, dass ihr Mann ohne jede Ankündigung über Nacht verschwunden war. Er ließ auch die Firma nicht freiwillig im Stich. Sie hatte erlebt, wie konsequent Onkel Günter in seinem Unternehmen, einer hochrentablen Firma, die Aromastoffe herstellte, meinen Vater kaltgestellt hatte. Er beschäftigte ihn um des Familienfriedens willen zwar, aber aus der Verantwortung war er raus. Vielleicht zu Recht. Mein Vater verstand weder etwas von Chemie noch von Geschäften. Dass Onkel Günter sich vorübergehend mit einer Frau wie Eveline abgesetzt haben könnte, hielt Tante Gudrun allerdings für sehr gut möglich. Ein Verbrechen schloss sie zu diesem Zeitpunkt noch aus.

Tante Gudrun hatte die berechtigte Hoffnung, von Rita, unserer Wirtin im Gasthaus Schwan, mehr zu hören. Rita erfuhr gewöhnlich alles, was im Ort passierte. Meist als Erste. Doch Rita wusste nichts. Sie konnte nur bestätigen, dass Eveline abgereist war. Am Donnerstag, am Tag, an dem Onkel Günter verschwunden war. Rita hatte keine Ahnung, wohin Eveline weitergereist war. Sie gestattete Tante Gudrun aber, Evelines Zimmer nach Hinweisen zu durchsuchen. Obwohl sich Rita an der Suche beteiligte, fand sich nichts, das auf Evelines neuen Aufenthaltsort hindeutete. Weder unter dem Bett noch unter dem Teppich oder im Schrank, auch nicht in den Nachttischen. Natürlich war auch der Papierkorb leer. Die Putzfrau hatte gründlich sauber gemacht, nur den Chip, der zwischen Polster und Lehne eines Sessels gerutscht war, hatte sie übersehen.

Tante Gudrun, Rita und ich sahen uns die Filme, die auf dem Chip waren, gemeinsam auf meinem Laptop an. Die Filme zeigten Eveline stets mit einem anderen Mann, immer waren es Nachtaufnahmen. Eveline hatte die Videofilme mit zwei Kameras aufgenommen. Meist hatte sie in ihrem Hotelzimmer gefilmt, aber auch in Privatwohnungen und in Weinkellern. Jeder Raum war optimal ausgeleuchtet. Einmal hatte sie sogar in einem niedrigen Kartoffelkeller gedreht. Das war der einzige Raum, in dem kein Bett stand. Auf dem Film war in der Mitte der Wand die Klappe zu sehen, durch die der Raum zugänglich war. Im Dorf gab es einige alte Häuser, die in der Küche kleine Kriechkeller hatten, Lagerräume für Kartoffeln und Gemüse.

Besonders Tante Gudrun sah sich die Videos genau an. Wir waren ein gutes Team, die Frauen hatten einen ausgezeichneten Blick. Ich war als Mann manchmal durch die Kraft der Bilder abgelenkt. Einige Wohnungen erkannten wir, aber wir hatten lange keine Ahnung, wem im Ort der Kriechkeller gehörte, in dem Eveline gefilmt hatte. Wer dort vor Eveline kauerte, war im Gegenlicht auf den ersten Blick nicht auszumachen. Aber natürlich identifizierten wir nach und nach alle Beteiligten, auch den Mann im Keller. Wir erkannten sie an den Haaren, an Kinn, Stirn und an der Nase – oder an ihrer Körperhaltung. Meistens an den Augen. Es sind vor allem die Augen und der Mund, an denen man die Menschen erkennt.

Eveline spielte die Hauptrolle in den Videos. Sie war noch offenherziger als sonst. Ihre Bewegungen waren sexuelle Provokationen, eine Demonstration weiblicher Macht, ein scheinbar ungezügeltes Spiel mit ihrem Körper, das Emotionen wecken sollte, Verlangen und Gier.

Erstaunlich war, was mit den Männern passierte. Je fordernder Eveline von Hambach sich bewegte, je mehr Kleidungsstücke sie dabei auszog, je sexualisierter ihre Bewegungen waren, desto ängstlicher und verschlossener wurden die Männer. Je intensiver sie Sehnsucht, Lust und Verführung signalisierte, desto verlassener, einsamer und mutloser wirkten die Männer. Es war bitter.

Nach zwei Stunden Film hatten wir genug, auch wenn wir Onkel Günter bis dahin auf keinem der Videos entdeckt hatten. Wir konnten uns nicht mehr konzentrieren. Rita empfahl Tante Gudrun dringend, Kontakt mit der Polizei aufzunehmen und Onkel Günter als vermisst zu melden. Die Videos kommentierte sie nicht.

Als Onkel Günter auch am nächsten Morgen nicht aufgetaucht war, machte Tante Gudrun telefonisch eine Vermisstenmeldung bei der Kripo in Mainz. Sie bat um einen Hausbesuch. Die Filme erwähnte sie zunächst nicht. Der ermittelnde Hauptkommissar erschien am Nachmittag, als ich mit meiner Tante Kaffee trank. Kommissar Volkmann wusste viel über Onkel Günter und meine Tante. Er musste jemanden aus dem Ort kennen, der unsere Familie kannte; der sie sogar gut kannte. Als der Polizist gehen wollte, übergab ihm Tante Gudrun den Chip und erklärte, wo sie ihn her hatte und was darauf zu sehen war. Kommissar Volkmann war verärgert, dass wir das Zimmer der Künstlerin im Gasthaus Schwan eigenmächtig durchsucht hatten. Wir hätten das ihm überlassen sollen. Spätestens jetzt hatte ich den Eindruck, dass er die Sache ernst nahm. Volkmann hielt sogar ein Verbrechen für möglich. Er machte uns Vorwürfe, weil er befürchtete, dass Spuren verwischt worden waren. Er wollte sich das Zimmer noch einmal vornehmen in der Hoffnung, dort trotz unserer Aktion Hinweise auf Onkel Günter und mögliche Tatspuren zu finden. Tante Gudrun hatte Kommissar Volkmann auch von Eveline von Hambach und ihrem plötzlichen Verschwinden berichtet. Ich war überrascht, als der Kommissar sagte, er kenne die Künstlerin, und Tante Gudrun und mir erzählte, dass von morgen an Videos und Fotos von Eveline von Hambach in der Kunsthalle in Mainz gezeigt würden. Am Abend sei die Vernissage. Eveline von Hambach würde anwesend sein. Die Installation hätte den Titel „Nachtaufnahmen". Vermutlich würden die Filme, die auf dem Chip waren, dort eingespielt. Tante Gudruns Theorie, dass ihr Mann sich mit der Künstlerin abgesetzt hatte, erwies sich als schillernde Seifenblase, deren Hülle im Moment der Erkenntnis zerplatze und sich in ein unsichtbares Nichts aus feuchter Luft verwandelte.

Wir waren ratlos. Obwohl Kommissar Volkmann immer wieder nachbohrte: Wir hatten keine Idee, wo Günter sein konnte und auch nicht, warum er weggegangen sein könnte. Ob Onkel Günter Feinde hatte, wussten wir nicht. Schließlich brach Volkmann auf. Ich begleitete ihn zum Auto. Der Kommissar öffnete die Wagentür, stieg aber nicht ein. Er sprach mich auf meine Tante an. Er blieb sachlich – bis zu dem Moment, als er mich erst nach männlichen Freunden meiner Tante fragte, dann nach möglichen Liebhabern. Dass er sich mit einem breiten, anzüglichen Grinsen darüber wunderte, dass ich eine so junge Tante hatte, störte mich. Dass er mir im nächsten Satz unterstellte, mit meiner Tante ein Verhältnis zu haben, war eine Unverschämtheit. Obwohl es so war, ging es ihn nichts an. Sie war schließlich 30 Jahre jünger als mein Onkel. Für Gudrun war das Kapitel Sexualität noch nicht beendet. Sie wollte mehr, als Onkel Günter ihr bieten konnte. Und ich gehörte ja schließlich zur Familie. Und wie die Familie ihre Angelegenheiten untereinander regelte, das ging niemanden etwas an. Aber hatte ich einen Grund, ihm das zu erklären?

Ich hatte den Eindruck, dass der Kommissar mich verdächtigte. Das würde er aber nur so lange, bis er herausfinden würde, dass Onkel Günter der Einzige in der Verwandtschaft war, den ich anpumpen konnte, ohne dass er mir deshalb Vorhaltungen machte und vor allem: ohne das Geld zurückzahlen zu müssen. Ich hätte nur zu gern gewusst, wer dem Kommissar von Tante Gudrun und mir erzählt hatte. Es war ärgerlich, dass er mich verdächtigte, aber ich hatte Verständnis dafür, dass er das in Anbetracht der Fakten musste. Wirkliche Sorgen machte ich mir nicht.

Der nächste Tag brachte keine Neuigkeiten. Onkel Günter blieb verschwunden, und die Polizei meldete sich nicht. Tante Gudrun wollte allein sein, und ich vertrödelte den Tag vor dem Fernseher in meinem Fachwerkhaus. Die Sanierungsarbeiten konnten warten. Ich hatte weder Lust, die neuen Küchenfenster einzuputzen, noch die Fußbodendielen auf dem Dachboden zu verlegen. Am späten Abend telefonierte ich mit meiner Tante. Wir verabredeten uns zu einem gemeinsamen Besuch der Mainzer Kunsthalle.

Als ich beim Frühstück die Zeitung aufschlug, sprang mich die Schlagzeile auf der Kulturseite geradezu an. „Nacktaufnahmen. Eveline von Hambach filmt sich im Bett". Ein großformatiges Foto, das die wie immer leicht bekleidete Künstlerin neben einer Monitorwand zeigte, dominierte den Bericht. Im Artikel stand der korrekte Titel der Ausstellung. Er lautete: „Nachtaufnahmen. Eine Frau im Schlaf." Manchmal sind Schreibfehler verräterisch. Aber Evelines Foto erklärte sehr anschaulich, wie Gedanken in die Welt geraten können.

Tante Gudrun und ich sahen uns die Ausstellung und die Videos gegen Mittag an. Es gab im großen Saal der Kunsthalle zwei Monitorwände. Die Monitorwand auf der linken Seite zeigte auf zwölf Bildschirmen eine schlafende Frau in verschiedenen Betten. Es war immer dieselbe Frau, nämlich Eveline, aber sie war jedes Mal anders bekleidet. Auf einem riesigen Bildschirm, der die Monitorwand in zwei Hälften teilte, lief ein weiteres Video, das ebenfalls die schlafende Eveline zeigte. Sie schlief nackt.

Tante Gudrun spielte mit der Fernbedienung, die mitten im Raum auf einem Sockel lag. Auf dem großen Bildschirm räkelte sich jetzt Eveline im Flanellschlafanzug. Die nackte Eveline schlief auf Monitor neun weiter. Die Stereolautsprecher, mit denen die Monitore ausgerüstet waren, trugen die Schlafgeräusche aus den 13 Betten in den Raum.

Fast noch interessanter war die Monitorwand auf der gegenüberliegenden Seite der Halle. Auch hier umrahmten die zwölf Monitore einen Großbildschirm. Sie zeigten Männer, die offensichtlich die schlafende Eveline beobachteten. Einige saßen auf Stühlen, andere kauerten auf dem Boden. In manchen Augen funkelte Gier, in anderen Blicken lag Resignation, es gab aber auch Gesichter, die neugierig, verzweifelt oder einfach nur müde aussahen.

Die Bilder spiegelten das Seelenleben der Voyeure. Die Geräusche offenbarten ihre Gedanken. Zwei Männer standen an den Fußenden der Betten, einer beugte sich nach vorn, um die Frau besser beobachten zu können. Der Mann auf dem Großbildschirm, es war ein Winzer aus Langenheim, bei dem ich Kunde war, war in seinem Sessel eingeschlafen. Die Aufnahmen mussten gleichzeitig mit denen der schlafenden Eveline entstanden sein. Schuss und Gegenschuss. Eine Kamera auf die Männerseite gerichtet, eine auf die Frauenseite. Immer zeigten die Bilder die stets anders gekleidete, einmal auch die nackt schlafende Eveline, jedes Mal einen anderen Mann. Die meisten Aufnahmen waren in unterschiedlichen Räumen entstanden, folglich unterschieden sich auch die meisten Betten und Sitzmöbel. Zum Glück gab es nirgendwo Informationen darüber, dass sie in Langenheim im Original zu sehen waren. Die Möbel und die Männer.

Ich erkannte Bett und Sessel aus Evelines Zimmer im Schwan. Dort waren mehrere Filme gedreht worden. Das Video mit Onkel Günter schockierte uns, diesen Film hatten wir nicht erwartet. Eveline hatte ihn ebenfalls in ihrem Hotelzimmer gedreht. Er bot die gleiche trostlose Szenerie, die uns auf allen Männer-Bildschirmen entgegen flimmerte. Je länger wir die Filme betrachteten, desto verlorener und würdeloser wirkten die Voyeure. Onkel Günter tat mir leid. Tante Gudrun bemühte sich um Haltung.

In Langenheim begleitete ich Tante Gudrun nach Hause. Das Auto, das in der Gasse vor ihrem Haus parkte, kannte ich seit gestern. Es war Kommissar Volkmanns Wagen. Der Kommissar hatte sich im Schwan umgesehen und mit Rita und ihren Stammgästen gesprochen. Seine Ermittlungen hatten ergeben, dass Onkel Günter dort vor vier Tagen zum letzten Mal gesehen worden war. Onkel Günter hatte am Tresen zwei Bier getrunken und war gegen 23 Uhr zur Toilette gegangen. Danach war er nicht mehr aufgetaucht. Zumindest hatte ihn niemand mehr gesehen. Kommissar Volkmann sagte, Rita halte es für möglich, dass mein Onkel vergessen hatte zu bezahlen und nicht mehr in den Gastraum gekommen sei, sondern das Haus über den Hoteleingang verlassen hatte. Volkmann wollte von Tante Gudrun wissen, ob sie eine Idee hätte, wohin Onkel Günter gegangen sein könnte. Tante Gudrun schüttelte ratlos den Kopf. Sie konnte auch nichts dazu sagen, warum ihr Mann sich für die Aufnahmen von Eveline von Hambach zur Verfügung gestellt hatte. Sie hatte nichts davon gewusst. Ich hütete mich zu erwähnen, dass meine Tante den Verdacht geäußert hatte, Onkel Günter und die Künstlerin hätten sich gemeinsam abgesetzt. Es war ihr peinlich. Und es ging die Polizei nichts an.

Schließlich spielte Kommissar Volkmann auf das Vermögen meines Onkels an und fragte Tante Gudrun nach einem Alibi. Zu seiner Überraschung hatte sie eins. In der Nacht, als Onkel Günter verschwunden war, hatte sie bei ihrer Schwester in Nieder-Olm übernachtet. Die beiden hatten gemeinsam gefrühstückt. Tante Gudrun war lediglich wegen eines Staus auf der A 63 eine knappe halbe Stunde zu spät an ihrem Arbeitsplatz in Bingen gewesen. Kommissar Volkmann sagte, er werde das überprüfen. Er glaubte ihr nicht.

Am nächsten Morgen lag eine Vorladung in meinem Briefkasten. Ich sollte zu einem Gespräch ins Polizeipräsidium nach Mainz kommen. Im Gegensatz zu meiner Tante hatte ich kein Alibi. Am fraglichen Abend war ich zuhause gewesen. Allein. Nachts war ich meist allein. Es sei denn, meine Tante übernachtete bei mir. Das hatte sie aber nicht.

Ich gebe zu, Gudrun und ich hatten darüber gesprochen, ob es klug wäre, wenn sie mir ein Alibi geben würde. Wir hatten den Gedanken aber verworfen. Ein Alibi, mit dem sich Verdächtige gegenseitig entlasten wollen, ist kein gutes Alibi. Wir hatten uns für die Wahrheit entschieden, auch wenn ich dadurch ein Problem bekommen könnte. Das sagte ich Kommissar Volkmann auch. Er schien das zu honorieren. Jedenfalls wusste er inzwischen nicht nur vom Verhältnis, das ich mit meiner Tante hatte, sondern auch von den Zuwendungen, die ich regelmäßig von Onkel Günter bekommen hatte. Ihm war wohl klar, dass niemand das Huhn umbringt, das goldene Eier legt. Unumwunden erklärte er, dass ich zwar nicht entlastet sei, dass es aber inzwischen Erkenntnisse über eine andere Person gäbe, die mit dem Verschwinden meines Onkels zu tun haben könne. Er entschuldigte sich dafür, dass er mich nach Mainz gebeten hatte.

Als ich das Präsidium verließ, begegnete ich Rita, die der Kommissar ebenfalls befragen wollte. Von ihr erfuhr ich am Abend, dass ein Autohändler aus Langenheim verdächtig war, der in Mainz Gebrauchtwagen verkaufte. Der Mann, ein Neubürger, war auf einem der Videos auf dem Chip aus Evelines Zimmer zu sehen gewesen. Volkmann hatte Rita den Film gezeigt. Ich bedauerte, dass wir uns nicht alle Filme auf dem Chip angeschaut hatten. Rita erzählte, dass der Autohändler auf dem Video als ein in Lack und Leder gezwängtes Häufchen Elend zu sehen gewesen sei, das es nicht ertrug, wie sich Eveline mit wachsender Lust aus einer schwarzen Gummihaut schälte. Die spannendste Szene zeigte Eveline, die nackt auf den im Sessel kauernden Mann zugegangen, aber dann stehengeblieben war, ihren Kopf triumphierend im Nacken, in der einen Hand eine Peitsche und die andere Hand provozierend im Schritt. In der Situation sei Jochen Zöller, so hieß der Autohändler, weinend zusammengebrochen. Ein schrecklicher Kontrast zu den deprimierenden Bildern war das hämische, böse Lachen aus der Kehle eines anderen Mannes gewesen, der irgendwo im Zimmer gesessen hätte, sagte Rita. Zöller sei aggressiv geworden und auf Eveline von Hambach losgegangen. Dann sei das Bild verwischt, die Kamera wohl umgestürzt und nur die weiße Zimmerdecke zu sehen gewesen. Der Ton hätte nicht mehr funktioniert. Schließlich sei noch eine kurze Sequenz zu sehen gewesen, in der der zweite Mann ins Bild gekommen sei: Onkel Günter, der sich nicht halten konnte vor Lachen.

Wie ich an einem der nächsten Abende im Schwan erfuhr, hatten die Verdachtsmomente nicht für einen Haftbefehl gegen den Autohändler ausgereicht. Eveline von Hambach hatte ausgesagt, dass Zöller sich schnell wieder beruhigt hätte, nachdem Onkel Günter gegangen war. Die Videos seien auch älteren Datums, die Idee zu einer Lack-und-Leder-Installation habe die Künstlerin zwischenzeitlich verworfen und sich für die Nachtaufnahmen entschieden. Und im Übrigen sei der Autohändler damit einverstanden gewesen, dass Onkel Günter bei den Dreharbeiten anwesend war, und Eveline hatte dem alten Mann den Spaß an der Show gegönnt.

Im Ort munkelte man, Jochen Zöller hätte sich einen Anwalt genommen, der regelmäßig Personen vertrat, die mit dem „Milieu" zu tun hatten. Dieser Anwalt hätte es geschafft, dass der

Gebrauchtwagenhändler an einem Verfahren vorbeigekommen sei. Im Dorf half ihm das nichts. Der Verdacht blieb an Zöller hängen. Kommissar Volkmann lud mich in den nächsten Wochen noch mehrmals zu Befragungen in sein Büro. Er nahm mich in die Mangel und hielt mir vor, ich müsse gewusst haben, dass mein Onkel meine Tante vor drei Jahren zur Teilhaberin seines Unternehmens gemacht und in seinem Testament als Alleinerbin eingesetzt habe. Für ihn war ich verdächtig. Es gab aber keine Leiche und keine Spuren. Nur Volkmanns Verdacht. Ich ließ mich nicht einschüchtern. Schließlich wurden die Ermittlungen gegen mich eingestellt. Onkel Günter blieb verschwunden.

Die Monate vergingen. Der Alltag nahm wieder Besitz von unserem Leben. Wir hatten Zeit. Wir konnten warten, bis Onkel Günter in zehn Jahren für tot erklärt werden würde. Dann würden wir vielleicht heirateten. Onkel Günters Geld reichte für uns beide, meine Tante hatte Kontovollmacht.

Tante Gudrun zog zu mir. So, wie ich das geplant hatte. Über die Nachtaufnahmen wurde im Ort immer noch geredet, über Onkel Günter schon längst nicht mehr. Auch das hatte ich richtig eingeschätzt. Das Timing war optimal gewesen. Es gab keinen besseren Zeitpunkt für sein Verschwinden als die Nachtaufnahmen. Manche Gelegenheit muss man nutzen, sonst kommt sie nie mehr. Übrigens hatte ich mein Haus in der Zwischenzeit saniert und den Küchenkeller zugemauert. Ich fand, Onkel Günter hatte eine Gruft verdient. Das war ich ihm schuldig. Er hatte sich nicht mal gewehrt, als ich zuschlug.

Kurzbiografien der AutorInnen

Vera Bleibtreu alias Angela Rinn
entstand im selben Jahr wie die Berliner Mauer, erwies sich
jedoch als haltbarer. Sie lebt seit 1993 in Mainz und kann sich
seitdem ein Leben ohne Rhein, Wein und Meenzer nicht mehr
vorstellen. Ihre Brezeln verdient sie als Pfarrerin in Gonsen-
heim. Veröffentlichungen: *14 Gründe, warum es sich lohnt zu-
rückzublicken*; *Lebenslinien* (beides EVA Leipzig), *Trauerspiel*
(Knecht-Verlag), „Wer anderen eine Grube gräbt oder: Das
Haar in der Suppe" (in: *Perfekte Opfer*, Leinpfad Verlag 2009),
„Reden ist Silber, Schweigen ist Gold" (in: *Gleich nebenan*,
Leinpfad Verlag 2010), „Der Tod war pünktlich" (in: *Mörderisches Rheinhessen 4. Ein Mord zu viel*, Leinpfad Verlag 2011)
und *Schneezeit. Ein Krimi* (2011, Leinpfad Verlag).

Antje Fries
lebt seit 1997 in Osthofen/Rheinhessen; Studium der Germanistik und Anglistik sowie Lehramt an Grund- und Hauptschu-
len; derzeit an einem außerschulischen Lernort sowie in diver-
sen pädagogischen, journalistischen und literarischen Projekten
tätig. Hat im Leinpfad Verlag fünf Anne-Mettenheimer-Krimis
und die Kurzgeschichten „Hägar" (in: *Perfekte Opfer*, 2009)
„Einmal im Jahr" (in: *Gleich nebenan*, 2010) und „Cross over"
(in: *Mörderisches Rheinhessen 4. Ein Mord zu viel*, 2011),
sowie zusammen mit Angelika Schulz-Parthu die Anthologie
Weck, Worscht – Mord. Mörderisch gut aufgetischt und darin
„Das Quittenpiffche" veröffentlicht. www.antjefries.de

Friederike Harig
lehrt am Internationalen Studienkolleg der Universität Mainz.
Mit ihrem Mann, zwei Katzen und einem Pferd lebt sie seit
zehn Jahren in Mainz. Im Leinpfad Verlag ist von ihr der Krimi

Sieger-Typen erschienen sowie „Beichtstuhl" (in: *Gleich neben-an*, 2010) und „Eingeheiratet" (in: *Mörderisches Rheinhessen 4. Ein Mord zu viel*, 2011). www.professorenmord.de

Jürgen Heimbach
wurde 1961 in Koblenz geboren; studierte ab 1985 Germanistik und Philosophie in Mainz, arbeitet seit 1996 als Redakteur bei 3sat und dem ZDFtheaterkanal; er lebt mit seiner Familie in Mainz. Veröffentlichungen: der Jugendroman *Johannes' Nacht* (Societäts Verlag), die Krimis *Plötzlicher Tod einer Nutte*, *Chagalls Rache* (beide Leinpfad Verlag) und *Unter Trümmern* (Pendragon Verlag), außerdem die Kurzgeschichten „Ein Holz, aus dem man Träume macht" (in: *Perfekte Opfer*, Leinpfad Verlag 2009) und „Witterungsbedingte Verzögerungen" (in: *Gleich nebenan*, Leinpfad Verlag 2010), „Sterben lernen oder: In the air tonight" (in: *Mörderisches Rheinhessen 4. Ein Mord zu viel*, Leinpfad Verlag 2011), sowie „Lewwerknepp" (in: *Weck, Worscht – Mord. Mörderisch gut aufgetischt*, Leinpfad Verlag 2011). www.juergen-heimbach.de

Heidrun Immendorf (Herausgeberin)
1962 geboren in Aachen, dort auch Studium der Germanistik und Geschichte, danach Redakteurin im Hörfunk bei WDR, SFB und Radio FFH. Sieben Jahre lang lebte sie in Mainz, wo ihre beiden Krimis *Falters Schrei* und *Falters Zweifel* entstanden. Heute wohnt sie in Bremen, arbeitet unter anderem als Dozentin für kreatives Schreiben an der Uni Bremen und veröffentlicht regelmäßig Kurzkrimis: „Finderlohn" (in: *Perfekte Opfer* 2009), „Gleich nebenan" (in: *Gleich nebenan* 2010) und „Fünfzehn" (in: *Mörderisches Rheinhessen 4. Ein Mord zu viel*, Leinpfad Verlag 2011).

Peter Jackob
1965 in Mainz geboren. Studium der Allgemeinen und Vergleichenden Literaturwissenschaft, das er mit Promotion abschloss. Er schreibt Krimis und arbeitet als Texter. Zuletzt erschienen *Narren-Mord, Das Leben ist kein Tanzlokal* (beide Leinpfad Verlag) und der Sherlock-Holmes-Roman *Das Geheimnis von Compton Lodge* (Gollenstein Verlag 2012) und die Kurzkrimis „Aus die Maus" (in: *Gleich nebenan* 2010) und „'s Rahmsüppche" (in: *Mörderisches Rheinhessen 4. Ein Mord zu viel*, Leinpfad Verlag 2011). www.peterjackob.de

Wolfhard Klein
Studium in Publizistik, Soziologie und Sport; arbeitete er als Journalist für Stern, konkret und Twen, ist Programmchef von SWR4 Rheinland-Pfalz. Zuletzt erschienen die Krimis *Flughafen Ibiza* und *Schwarzgeld Ibiza* (beide éditions trèves). Klein lebt in Jugenheim. Im Leinpfad Verlag sind von ihm erschienen: „Die Sünderfalle" (in: *Perfekte Opfer* 2009), „Blutsbande" (in: *Gleich nebenan* 2010) und „Der Müllmann" (in: *Mörderisches Rheinhessen 4. Ein Mord zu viel*, Leinpfad Verlag 2011). www.wolfhard-klein.de

Olaf Paust
ist in Alfeld an der Leine geboren, in der Pfalz aufgewachsen und wohnt seit 14 Jahren in Rheinhessen. Er ist gelernter Zeitungs- und Hörfunkjournalist und arbeitet als Redakteur und Sprecher in der Nachrichtenredaktion des SWR in Mainz. Der Fan von klassischen Detektivgeschichten lebt mit seiner Frau und seiner Tochter in der Nähe von Mainz. Er veröffentlichte die Kurzkrimis „Mordshass" (in: *Perfekte Opfer* 2009) „Stadtmusikant" (in: *Gleich nebenan* 2010) und „Ein Mord zu viel" (in: *Mörderisches Rheinhessen 4. Ein Mord zu viel*, Leinpfad Verlag 2011). www.olaf-paust.de

Christian Pfarr
Journalist, Autor, Komponist; geb. 1959 in Hanau, lebt seit 1980 in Mainz; er veröffentlichte im Leinpfad Verlag die Mainz-Krimis *Zaubernuss, Königsweg* und zusammen mit Richard Lifka *Hilfe! 10 Beatles-Krimis* sowie die Kurzgeschichten „Mainzer Triptychon" (in: *Perfekte Opfer* 2009), „Stadtmusikant" (in: *Gleich nebenan* 2010) und „Triumvirat" (in: *Mörderisches Rheinhessen 4. Ein Mord zu viel*); außerdem 2010 die Kurzkrimi-Sammlung *Märchen, Verbrecher und Füchse* im Dr. Gisela Lermann Verlag. www.christianpfarr.de

Claudia Platz
geboren in Ludwigshafen/Rhein, MTA-Ausbildung und Anthropologiestudium, seit 2001 freie Autorin, verheiratet, drei Kinder, lebt in der Nähe von Mainz. Veröffentlichungen: *Der Lubberer, RosenmonTod, Der Korridor* (alle Rhein-Moselverlag), *Der zweite Blick, Die falschen Caesaren* und *Das Blut von Magenza* (alle Leinpfad Verlag), außerdem diverse Kurzgeschichten, u.a. im Leinpfad Verlag: „Einen Schritt zu weit" (in: *Perfekte Opfer* 2009), „Notruf" (in: *Gleich nebenan* 2010), „Ausgemobbt" (in: *Mörderisches Rheinhessen 4. Ein Mord zu viel*, Leinpfad Verlag 2011) und „Pesto letale" (in: *Weck, Worscht – Mord. Mörderisch gut aufgetischt*, Leinpfad Verlag 2011). www.claudiaplatz.de

Astrid Reck
Geboren 1966 in München kam Astrid Reck 1980 nach Mainz; sie studierte Geographie, Publizistik und Politik, volontierte bei der Mainzer Allgemeinen Zeitung und arbeitet seitdem als Hörfunk- und Fernsehjournalistin. Nach Jahren auf Reisen lebt sie jetzt wieder in Mainz. Letzte Veröffentlichungen: die Kurzkrimis „Perfekte Opfer" *Perfekte Opfer* (2009), 2010 „Zahltag" (in: *Gleich nebenan* (beide Leinpfad Verlag) und „Für Rache ist

es nie zu spät" (in: *Mörderisches Rheinhessen 4. Ein Mord zu viel*, Leinpfad Verlag 2011).

Marion Schadek
geboren 1968 in Hildesheim, Niedersachsen. Nach dem Studium in Göttingen Einstieg in den Journalismus durch ein dpa-Volontariat. Lebt seit 1995 in Mainz und veröffentlicht Krimis für Kinder und Erwachsene, zuletzt *Joe de Mayence – Löwenstark* (2008) und den Doppelband *Sündenfall in der Sakristei/ Bilderwut* (2009), beide im Verlag DK Dieter Kumpf, Heppenheim, außerdem im Leinpfad Verlag die Kurzgeschichten „Taxi 39" (in: *Perfekte Opfer* 2009), „Taxi 39 reloaded" (in: *Gleich nebenan* 2010) und „Ausliefern" (in: *Mörderisches Rheinhessen 4. Ein Mord zu viel*, Leinpfad Verlag 2011) sowie zusammen mit Peter Metzdorf den Krimi *Weinkönigin und Rheinhessen-Cop* (Lerinpfad Verlag 2011).

Andreas Wagner
Jg. 1974, ist als Winzer Quereinsteiger: Der promovierte Historiker führt das von den Eltern übernommene Weingut seit 2002 zusammen mit seinen Brüdern Ulrich und Christian. Er ist verheiratet, hat drei Kinder und lebt in Essenheim. Veröffentlichungen im Leinpfad Verlag: *Herbstblut* (jetzt bei Piper), *Abgefüllt* (jetzt bei Piper), *Gebrannt, Letzter Abstich, Auslese feinherb, Hochzeitswein* und *Schlachtfest*, außerdem die Kurzgeschichten „Sein Leiden" (in: *Perfekte Opfer* 2009), „Drei Stunden fünfzehn" (in: *Gleich nebenan* 2010) und „April 1945. Das letzte Gefecht" (in: *Mörderisches Rheinhessen 4. Ein Mord zu viel*, Leinpfad Verlag 2011). www.wagner-wein.de

Leinpfad Verlag –
der kleine Verlag mit dem großen regionalen Programm!
Leinpfad Verlag, Leinpfad 5, 55218 Ingelheim, Tel. 06132/8369, Fax: 896951
www.leinpfadverlag.com, info@leinpfadverlag.de
Wir schicken Ihnen gerne unser Programm!